먼곳또는섬

먼 곳 또는 섬

| 허창옥 수필집 |

선우미디어

먼곳 또는섬

1판 1쇄 발행 ｜ 2008년 6월 5일

지은이 ｜ 허창옥
발행인 ｜ 이선우
펴낸곳 ｜ 도서출판 선우미디어
　　　　등록 ｜ 1997. 8. 7 제2-2416호
　　　　100-846 서울 중구 을지로3가 104-10
　　　　신성빌딩 403 ☎ 2272-3351, 3352 팩스: 2272-5540
　　　　sunwoome@hanmail.net

Printed in Korea ⓒ 2008. 허창옥

값 9,000원

ISBN 89-5658-182-7 03810

요셉, 당신에게 이 책을 바칩니다.

책머리에

또 한 번의 봄날을 보낸다. 봄은 찬란하고 꽃은 아름답다. 봄꽃천지다. 살아있는 모든 생명은 고귀하고 자연은 숭고하다. 그 지상에서 살아가고 글을 쓰는 일이 눈물겹도록 고맙다.

삶은 언제나 절절하였고 글쓰기는 또 그만큼 더디고 아팠다. 그 정감들을 한데 모아서 세 번째 수필집을 묶는다.

수필을 쓰면서, 오직 깊어지고 싶었다. 깊고 깊어져서 물속 같은 고요에 이르기를 열망했다. 그리되지는 못했지만 그 간절함이 근작들에서 고요, 평화, 적요 따위의 어휘로 표출되었다는 생각이다. 언젠가는 삶과 글이 함께 거기에 이르리라는 참으로 가마득한 소망을 지닌 채, 앞에 놓인 길을 천천히 걸으려 한다.

그와 찬미, 일청이가 곁에 있음이 가장 큰 은총이다.

2008년 5월

햇살 가득한 방에서 許昌玉

허창옥 수필집

먼 곳 또는 섬

| 차례 |

책머리에 7

| 1부 | 그대를 위한 헌사

먼 곳 또는 섬 ·· 14

오래된 마을에서 ·· 18

평범한 날의 평범한 이야기 ···················· 22

산골짝의 다람쥐 ·· 26

물소리를 들으며 ·· 30

오후 네 시 ·· 34

창문으로 내다본 풍경 ······························ 38

그대를 위한 헌사 ·· 42

| 2부 | 근황

각북 가는 길 ·· 48

근황 ·· 52

까치, 집을 바라보다 ··· 56

은해사 가는 길 ··· 60

구두 ··· 64

뒤란 풍경 ··· 68

나르시시스트가 되려는 까닭 ····························· 72

헤르만 헤세 선생님께 ·· 76

| 3부 | 국화꽃 피다

눈물 1 ··· 82

눈물 2 ··· 85

눈물 3 ··· 88

바다에서 9 ··· 91

바다에서 10 ··· 96

길 3 ·· 100

그 소년 ··· 104

울할매 ·· 108

슬픈 이름, 어머니 ························· 112

옛날이야기 ·································· 116

국화꽃 피다 ································· 119

| 4부 | 말없음의 미학

그리운 오두막집 ·························· 122

'뜰'에서 보내는 오후 ···················· 125

달빛이 아니어도 ·························· 129

삶 ··· 133

말없음의 미학 ····························· 137

떨리는 가슴 ································· 140

연둣빛 연못 ································· 144

마지막 편지 ································· 148

| 5부 | 율도국의 홍길동님께

내게 아이가 남아있을까 ················ 152

그럼에도 불구하고 ······················ 155

해저물녘 정경 ························· 159

마침내 환한 아침이 왔을 때 ··········· 163

병든 나무의 노래 ··················· 167

내일은 떠나야겠다 ·················· 171

생명 ···························· 175

율도국의 홍길동님께 ················ 177

|6부| 빗살무늬토기를 꿈꾸며

나는 지금 그 길 위에 있다 ············· 184

수필에게, 나에게 ··················· 189

수필을 위한 변주 ··················· 193

내 가슴속에는 강물이 흐른다 ·········· 197

빗살무늬토기를 꿈꾸며 ··············· 201

|7부| 자전에세이 비 사흘 햇빛 나흘

비 사흘 햇빛 나흘 ·················· 206

1부

.그대를 위한 헌사.

남루를 입기 전으로 돌아가자면 아득히 거슬러 올라가야겠지.
어느 시점으로? 혹은 어디로? 그리고 어떻게?
다시는 아이의 영혼이나 심성이 될 수 없고,
순박한 여인으로 살아볼 수도 없다.
그게 현실이야. 그래서 그대는 불행한가.
아닐 게야.

먼 곳 또는 섬

한 시간 남짓 걸었다. 쉬어야겠다. 생수 한 병을 사들고 긴 의자에 앉는다. 숲에 비가 내리면 어떨까. 비가 자우룩 내려서 숲이 속속들이 젖으면 어떨까. 그 생각을 하면서 수목원을 찾았다. 유감스럽게도 일기예보는 빗나간 모양이다. 하늘은 물기만 그렁그렁 머금은 채 어깨까지 내려와 있다. 그것도 나쁘지는 않다.

흐린 날 오후의 수목원은 조용하다. 수천의 나무와 수만의 꽃들을 바라보고 들여다보면서 걸었다. 천천히 걸었고, 주저앉아서 한가롭게 꽃들과 노닐기도 했다. 먼 길을 목적도 없이 혼자 걷는 느낌이 들었다. 너무 적막하다 싶어서 큰길을 버리고 대나무 숲 사이로 난 좁은 길로 접어들었다. 빽빽하게 들어서있는 오죽(烏竹)을 홀린 듯 바라보고 있노라니 한 쌍의 연인이 다정하게 걸어온다. 길을 비켜주면서 그들이 참 예쁘다는 생각을 했다.

장 그르니에는 섬으로 가고 싶어 했다. '섬'이란 멀리 있는 곳이며 조용하고 무엇보다 자유로운 곳일 터였다. 어느 날 '보로메 섬으로'란 허름한 꽃가게의 간판을 보면서 보로메 섬이 먼 이상향이 아니라 가게 주인의 일상적인 열망의 표현이란 걸 깨닫는다. 하여 그는 먼 곳과 작별을 하고 '인간적으로 보호해주는 마른 돌담 하나'만으로도 족하며 '태양과 바다와 꽃'들이 있는 곳이면 어디나 보로메 섬들이 될 것 같다고 생각한다. 그런 심경이 나에게는 없었겠는가. '보로메 섬'으로 가고 싶은 열망, 그 일상적인 열망이 나를 이곳으로 이끌었으리라.

앉아있으니 좋다. 뺨에 와 닿는 바람의 감촉이 부드럽다. 바람이 불어와 잎사귀 하나를 건드리는데 수많은 잎사귀들이 흔들린다. 잎사귀들이 가지들을 흔들고 가지들이 술렁거리더니 숲이 소리를 낸다. 그러면서 전체적으로는 아무 일도 일어나지 않은 듯 평온하다. 그 속에 내가 앉아있다. 그 앉아있음이 외롭지 않고 다만 넉넉하다. 자유롭다. 모든 것에서 놓여났고 모든 것을 놓아버렸다. 나는 혼자서 강물보다 더 유장하게 흐르고 동시에 이 지상에서 한 개의 점으로 정지된다.

비가 듣기 시작한다. 건너편 화단의 옥잠화 넓은 잎도 후드득 소리를 낸다. 휘 둘러보니 사위가 고요하다. 비 묻은 바람이 나뭇잎들을 쓸고 가는 소리가 불현듯 무섭다. 하지만 앉아있기에 불편할 정도도 아니거니와 비가 내리기를 바라지 않았던가. 이 호젓함을 좀 더 누리고 싶다.

발치에 큰 개미 한 마리가 저 혼자 가다가 뒤집다가 또 가다가 한다. 사유의 우물 깊숙이 가라앉아 있고 싶었음에도 불구하고 기어이 개미에게 말을 걸고 만다. 지루해서 그러니? 배탈이라도 난 거야? 모두들 어디가고 혼자니? 개미가 또 몸을 뒤집더니 손짓발짓으로 대답을 한다. 나는 개미의 말을 알아듣지 못한다. 우리에게 소통은 없다. 개미도 외롭고 나도 외롭다. 혼자 있음이 외롭지 않고 넉넉하다 여겼는데 무리에서 떨어져 나와 온갖 몸짓을 하는 개미를 보니 내가 문득 외롭다.

비가 제대로 내린다. 늦은 여름이라 아직 어둡지 않아서 우산을 들고라도 버틸 참인데 음악이 흐르던 스피커에서 나가달라는 방송이 나온다. 오후 일곱 시가 가까웠다. 수목원 개방시간이 끝나가는 것이다. 아쉽다. 숲이 어둠에 묻힐 때 나도 함께 검은 밤에 함몰되어서 숲과 하나가 되고 싶었는데….

어쩌랴! 방송은 거듭되고 말 안 듣는 시민이 될 수는 없다. 바삐 걷는다. 어디에 앉아있었을까. 한참을 걸어 나오니 또 그 자리다. 당황스럽다. 그러다가 어느 모퉁이를 돌아서 큰 길로 나오니, 조금 전에 본 그 연인들이 팔짱을 끼고 여유롭게 걸어 나간다. 반갑다. 한숨 돌리며 그들을 따라 느긋하게 걷는다. 두 손으로 얼굴을 비빈다. 굳어있던 피부가 풀리는 것 같다.

숲에 묻히고 싶었다. 그게 이루어져서 좋은 시간을 가졌다. 그 시간이 진정 고마움에도 숲에 갇힐지도 모른다는 두려움에 잠시 휩싸였다. 수목원을 나선다. 다시 사람 속으로 도시 한복판으로 들어간다. 다음에는 좀 더 멀리 갈 수 있었으면 좋겠다, 그 먼 곳에서도 행여 갇힐까봐 오늘처럼 두려워하면서 돌아오게 될지라도 그러기를 거듭하다보면 언젠가는, 집에서든 숲에서든 내가 있는 그곳이 바로 먼 곳 또는 섬임을 알게 되지 않을까.

(2008. 창작수필 봄호)

오래된 마을에서

네 손가락을 펴서 돌담을 만진다. 그런 채로 천천히 고샅을 걷는다. 손이 두툴두툴한 돌담을 쭈우욱 훑으며 느린 발걸음을 따라온다. 손끝에 낯익은 감촉이 와 닿는다. 이 촉감, 꼬맹이 적 우리 동네 안골목 그 돌담들 이후 얼마만인가.

이 골목 저 골목을 다니며 이 집 저 집을 기웃거린다. 싸리문 안으로 들여다보니 오후의 그늘이 마당을 반쯤 가리고 있다. 사람이 사는 집이다. 낮은 처마 밑에 느슨하게 묶인 빨랫줄에 낡은 타월이 걸려 있고 고무함지박이 화단 앞에 아무렇게나 놓여있다. 화단에는 맨드라미 봉숭아 분꽃들이 원래 제자리가 없었던 듯 자연스레 뒤섞여서 피어있다. 부엌 앞 귀퉁이에 장독 몇 개가 놓여있고 그 옆 개집에서 할 일을 잊어버린 개가 멍청하게 앉아있다. 벼논인지 텃밭인지에서 하루 일을 마무리하고 돌아 올 주인을 기다리는가보다.

돌아 나와서 다시 골목길을 걷는다. 이미 그 쓰임새가 폐

기된 낡은 경운기가 버려진 듯 놓여있다. 대나무로 엮은 삽짝이다. 사람이 살고 있지 않은 걸까. 툇마루의 기둥에 오래 찢겨나가지 않은 빛바랜 일력이 걸려있다. 해가 지겠다고 갈 길을 서두르건만 나는 못들은 척한다. 이 촌락에 더 있고 싶어 버틸 만큼 버텨보겠다는 심산이다.

낙안읍성이다. 초가집들, 돌담, 고샅길, 낮은 대문 안으로 들여다뵈는 적요가 어우러져서 꿈 속 같은 정취를 자아내고 있다. 마을은 민초들이 살았던 옛 모습을 그대로 보여주고 있는 사적이며 관광 명소이다. 휴가철에는 관광객들로 붐비고, 문명의 때와 잇속이 이 마을 고유의 아름다움과 주민들의 건강한 삶을 어느 정도 손상시킬지도 모른다. 하지만 이 시간 나에게는 그냥 고만고만한 이웃들이 도란도란 모여 사는 오래된 마을로 느껴질 따름이다. 골목엔 새까맣게 그을린 학동들이 뛰어 놀고, 들에 나간 남정네들 지게 지고 고샅을 들어오며 굴뚝에선 저녁밥 짓는 연기가 봉실봉실 솟아나올 것 같은 그런 정겨운 촌락일 뿐이다.

그 어디쯤에서, 오래 전에 살았던 여자처럼 앞치마에 젖은 손 닦으며 지아비를 맞이하는 아낙네로 살고 싶다. 부엌문 열고 나오는 키 작은 아낙을 그려본다. 정말이지, 몇 백 년 거슬러 올라가서 착하고 다소곳하며 살림 손끝 야문 참한 여인네로 살아보았으면 좋겠다. 오래된 마을에서 오래 전에 살았을 한 여자를 스스로에게 투영해 보는데 슬픔인지 기쁨인지 형언할 수 없는 정감이 가슴 가득 번진다. 그 마을 그 여자가 그립다.

해가 설핏해졌다. 성 밖으로 나가야겠다. 문득 왼손에 들고 있는 솟대모형을 의식한다. 마을에 들어오기 전, 성 밖의 한 가게에서 샀다. 대나무 가는 가지 끝에 다섯 마리의 나무새를 앉힌 예쁜 솟대이다. 평일이라 어지간히 조용했나보다. 주인은 나를 무척 반갑게 맞았다. 목각 공예품들과 쥘부채 같은 한지 공예품들이 진열된 가게 안을 둘러보는데 여자가 백설기를 떼어주며 먹으라고 하였다. 남편은 나무로, 아내는 종이로 민속공예품을 만든다는 그 부부는 이곳에 여행 왔다가 눌러 앉았으며 곧 성 안에 집이 마련될 거라고 말했다. 적적하지 않겠어요? 내 물음에 여인은 그저 웃기만 하였다. 서울말을 하는 젊은 여성이 택한 새로운 삶에 내 마음은 우려 반 격려 반이었다.

"잘 사세요."

짧은 인사로 헤어졌다. 그 여인을 생각하니 새삼 가슴이 아린다. 모시 개량 한복 곱게 입은 정갈한 모습의 미인이었다. 특별한 삶을 향유하기 위해서가 아니라, 생활의 방편으로 이곳을 택했을지라도 여기에서 그 부부가 참으로 평화롭게 살아가기를 바라는 마음이다. 그래, 이 집이야. 깨어진 도자기를 쪼르륵 박아서 테두리를 만든 화단에 키 작은 화초들이 올망졸망 피어있는 아담한 집이다. 이 집에서 그들이 살았으면… 여름밤, 장지문 열어 놓고 마주 앉아 나무를 다듬고 종이를 만지는 젊은 부부의 모습을 그려본다.

오래된 마을에 있는 동안이나마 오래 전에 살았던 여자이고 싶다. 저 성문을 나서는 순간 환상은 깨어지고 말겠지. 그래서, 온갖 것을 부여잡고 사느라 제풀에 지치고 무너지는 자신을 다시 만나게 되겠지. 하지만 오늘 나는 오래 전에 살았던 순박한 여자를 가슴에 품고 간다. 살다가 마음이 갈 길을 잃으면 그 여자를 불러내서 순한 눈빛 마주하고 나직나직 물어 보리라.

땅거미 내리는 낙안 마을 초가집들을 바라보며 성문을 향해 뒷걸음을 걷 · 는 · 다.

(2004. 에세이21 창간호)

평범한 날의 평범한 이야기

친구는 지금 한 시간째 이야기를 하는데 끊어지는가 하면 이어진다. 나란히 앉아 있으므로 나의 시선은 그의 옆얼굴에 머물러 있다. 그의 얼굴은 단아하지만 좀 지쳐 보인다. 그는 갈색 주름스커트에 아이보리색 반소매 니트를 입고 굽이 낮은 구두를 신고 있다. 검소하나 세련되어 보인다. 그러니까 우리는 아주 오랜만에 만난 것이다. 몇 년 만인지 기억도 나지 않는다.

범어로터리의 횡단보도는 길다. 따라서 신호등이 바뀌는 시간도 길다. 인도와 횡단보도 사이에는 그래서인지 조그만 쉼터가 마련되어 있다. 신호등이 바뀌기를 기다리면서 은행나무를 바라보고 있었다. 오백 년 수령, 수피는 거의 다 벗겨졌고 세월만큼 옹이도 깊게 패었다. 하지만 잎사귀들은 싱싱한 초록이다. 돌에 새겨진 나무의 내력을 읽다보니 신호등은 다시 빨간 색이다. 등나무 그늘로 들어가려다가 거기 놓인 통나무의자에 앉아있던 그와 눈이 마주쳤다.

우리는 잠시 수다스럽게 인사를 나누었다. 왜 여기 앉아있냐고 물었더니 그는 그냥 앉아있다고 했다. 찻집에 가지 않겠느냐는 나의 말에 "여기도 좋은데 뭘" 그가 대답했다.

그 날 일을 잊을 수가 없어. 오늘처럼 이렇게 하늘이 흐린 오후였어. 아버지가, 어디선가에서 갑자기 나타나더니 엄마의 머리채를 휘어잡았어. 어찌어찌해서 아버지를 밀치고 도망을 치는데, 엄마가 그렇게 잘 달리는 줄 몰랐어. 그렇지만 아버지가 더 빨랐어. 대문을 나선 엄마는 논두렁을 달리다가 미끄러졌고 아버지는 그런 엄마를 논배미에다 처박았어.

바람 한 줄기가 지나가면서 머리카락 몇 올을 건드린다. 목소리들이 지나가고, 파란 플라스틱 슬리퍼도 찌이익찌이익 소리를 내면서 내 구두코 앞을 지나간다. 문득『인생은 지나간다』란 구효서의 산문집 제목이 생각난다. 그렇지, 인생은 지나가는 것이지. 그것이 아무리 신산하다 할지라도 결국은 지나가게 마련이지.

아버지는 노름 밑천이 떨어지면 들어와서 엄마를 두들겨 팼고 그게 무서워서 엄마는 되는 대로 돈을 마련해 주는 생활이 계속된 거야. 더 이상 엄마도 돈을 만들 수가 없었기 때문에 결단을 내려야했던 게지. 그날 밤, 고래고래 고함치던 아버지가 잠들었을 때, 엄마가 젖먹이를 업더니 살며시 방문을 열고 나가는 거야. 바로 그전에 엄마는 나와 동생들─여동생이 둘 더 있었잖아─을 번갈아 가며 뺨을 어루만지고 머리를 뒤로 쓸어주었어. 그때 엄마 손이 가늘게 떨리는 것 같았거든. 그 때문에 이상한 낌새를 알아챌 수 있었지.

일터로 돌아가야 했기에 나도 모르게 시계를 만지작거린 모양이다. 그가 너 가야하는 거 아니냐고 묻는다. 아니라고, 괜찮다고 나는 시치미를 뗀다.

엄마가 대문까지 가기를 기다렸다가 나도 고양이처럼 소리 내지 않고 일어났어. 하늘에는 달무리가 떠 있었고 별은 보이지 않았어. 동구 밖을 지나면 커다란 못이 있었거든, 엄마가 거기로 가는 거야. 가슴이 콩닥콩닥 뛰었어. 거기까지 꽤 먼데 그 컴컴한 길을 어떻게 따라갔는지…. 아마 나도 제정신이 아니었을 거야. 못가에 주저앉아 있는 엄마를 숨도 안 쉬고 지켜보았어. 얼마나 그러고 있었는지, 한참 만에 엄마가 못둑의 경사면으로 느리게 내려가는 것 같았어. 엄마! 세상에 태어나서 그만큼 크게 엄마를 불러보긴 처음이었어. 내 목소리가 하도 커서 나도 놀라 자빠지는 줄 알았거든.

그만 일어나야겠다는 생각을 하면서도 나는 꼼짝 않고 앉아있다. 그의 야윈 손에 가있던 시선을 거두어 위를 쳐다본다. 짙푸르게 우거진 잎사귀들 사이로 군데군데 동전 만하게 구멍이 뚫려있었다. 잔뜩 흐린 날인데 작은 틈으로 난 하늘은 맑은 것처럼 보인다. 동전만한 하늘 몇 조각을 보면서 생각한다, 희망은 저렇듯 작은 틈으로 쏘아주는 빛살 같은 것일 거라고

엄마는 화들짝 놀라더니 일어나서 나를 껴안았어. 내가 큰

소리로 우는 바람에 업혀있던 동생이 깨서 막 울었어. "야들이 와 이래 우노!" 그러면서 바람 쐬러 나왔다고 집에 가자고 하더라. 엄마 손을 꼭 잡고 집으로 가면서 고맙다는 말을 하고 싶었는데 입술만 떨리고 말이 나오지 않았어. 그날 밤부터 며칠 동안 나는 몹시 아팠어. 내 이마에 물수건을 얹으면서 엄마는 몇 번이나 미안하다고 말했는데, 고맙다는 말은 여전히 내 입속에서 우물대고 있었어. 아홉 살 때였지. 우리 어머니, 정신을 놓았다 잡았다하며 여태 살아 계시거든. 지금은 무엇 때문에 사실까.

그가 나를 보고 웃는다. 일상적인 미소다. 마주보고 웃음지으며 나는 속으로 말한다. 누구든 무엇 때문에 살지는 않아. 그냥 사는 게지. 저 은행나무도 그냥 견디며 살아왔을 거야. 그의 손을 잡는다. 손이 따뜻하다.

(2003. 계간수필 가을호)

산골짝의 다람쥐

 간밤엔 비가 많이 내렸다. 국지적 호우라고 한다. 비는 산골 농가의 처마를 드세게 두드렸다. 소란스러운 삶의 현장에서 떠나와 산골에서 맞은, 게다가 장대비가 내리는 밤은 묘한 두근거림 속에 깊어갔다. 창을 내다보니 숲은 완벽한 어둠에 덮여 실루엣조차 보이지 않았다. 나뭇가지들을 후려치는 바람소리만이 숲이 거기에 있음을 느끼게 하였다. 태곳적 적요와 두려움 그리고 설렘이 있는 밤이었다.

 그 밤을 밀어낸 아침은 아주 해맑다. 투명한 금빛이다. 숲속 어딘가에서 밤을 보냈을 새들이 경쾌한 날갯짓으로 이 가지에서 날아오르고 저 가지로 내려앉는다. 호젓한 길을 혼자 걷는다. 벚나무 밤나무 상수리나무 천지다. 나뭇잎에서 이따금 물방울들이 후드득 떨어진다. 머리에, 얼굴에 와 닿는 물방울의 감촉이 좋다. 구절초 꽃은 아직 피지 않았고 칡덩굴은 여름끝 무렵의 시퍼런 물기를 잔뜩 머금은 채 싱싱하다.

산딸기가 언뜻 보여서 쪼그리고 앉는데 뭔가 휙 지나가는 낌새다. 다람쥐다.

다람쥐는 나무를 타고 올라가다 어느 순간 동작을 멈춘다. 꼼짝도 하지 않는다. 나무 둥치에 네 발을 찰싹 붙이고 납작 엎드려서 죽은 듯이 있다. 저를 뚫어지게 바라보고 있는 나를 경계하는 것일까. 저에게 티끌만한 적의도 없는데. 5분 혹은 10분쯤 지났을까. 다람쥐는 쪼르륵 수직상승을 하더니 이내 휙 옆의 가지로 수평 이동을 한다. 순간 동작이다. 자유자재, 거침없이 움직인다. 내 시선도 수직 수평으로 민첩해진다. 한참을 주저앉아 있으니 다리가 저리다. 하지만 인기척을 내지 않을 요량이다. 다람쥐와 함께 하는 고요를 깨고 싶지 않은 까닭이다.

맑은 아침, 삽상한 바람, 새소리, 나뭇잎들의 나부낌만이 있는 여기는 비어있으며 동시에 꽉 찬 공간이다. 세계로부터 유리된 별개의 한 세상이다. 지금은 다람쥐와 나 둘만의 시간이다. 여기는 우리 둘이 공유한 공간이며 또한 무한과 닿아있는 열린 세계이다. 경계도 없고 걸림도 없다.

상수리나무의 거무죽죽한 줄기에 이번에는 황갈색의 작은 몸이 도립을 한다. 그는 지금 세상을 거꾸로 보고 있다. 거꾸로 서서 여유 있게 등에 난 검은 줄무늬와 긴 꼬리의 아름다움을 뽐낸다. 그는 자유롭다. 그는 한가롭다. 그런 그가 나에게 말을 걸어온다.

거기, 당신은 왜 갈 길을 버리고 나를 바라보고 있는가. 나에게서 무얼 보려는 겐가. 나에게서 의미를 찾아내려 한다면 당신은 헛수고를 하고 있는 것이다. 나는 당신이 어릴 적에 불렀던 동요 「산골짝의 다람쥐」의 그 다람쥐에 불과하니까. 내 동작이 자유자재라고? 자유롭다고? 당신이라면 그렇게 볼 수도 있겠다. 당신은 늘 자신이 부자유스럽다고 생각하고 있으니까. 제한된 공간에 있는 육신과, 사회적 가치와 종교적 신념에 반하지 않는 한계 속에 존재하는 영혼이 바로 당신이니까.

나로 말하자면 그런 점에서는 당신보다 우위에 있다고 해도 좋을 것이다. 나는 적어도 당신처럼 먹이를 위해 대부분의 시간을 소모하지는 않는다. 물론 때에 따라선 먹이를 저장하기 위해 둥우리를 만들고 갖다 나르는 수고를 하지 않을 수 없다. 그렇다고는 하나 지나치게 먹이를 탐하지는 않는다.

또 헛된 이름을 구하지도 않는다. 한 마리의 다람쥐 그 이상이 되기를 결코 바란 적이 없다. 나는 여기 풀꽃처럼 햇빛에 피었다가 바람에 스러지는 하나의 자연물일 뿐이다. 그러기에 많은 시간을 나무타기를 하며 보낸다. 이것이 나의 생활이며 살아가는 방식이다. 이 숲은 다 나의 공간이며 또 우리 무리의 삶터이다. 내 것과 네 것이 따로 있지 않고 너와 나의 경계가 없다. 그런 관점에서 보면 나는 자유롭고 풍요하며 질곡이 거의 없는 삶을 사는 탁월한 존재이다.

당신의 그 시선의 의미를 안다. 내가 가진 무한의 자유 그러니까 시간과 공간을 자유롭게 누리는 나의 삶을 당신은 지금 탐내고 있다. 그리고 당신은 무엇보다 이 숲, 이 대자연의 품속에 사는 나를 거의 질투에 가까운 심경으로 바라보고 있는 것이다.

'다람쥐 쳇바퀴' 돌듯 살고 있다고 당신은, 사람들은 생각하고 있다. 나라고 별 수 있겠나. 숲도 크게 보면 쳇바퀴 속이나 다름없다. 거대한 쳇바퀴, 그 나무가 그 나무인 숲에서 죽을 때까지 도토리나 찾는 게 나의 일생이다. 자유란 결코 시간이나 공간의 문제는 아닌 게다. 나는 자유롭다. 당신처럼 온갖 것을 다 붙잡고 아등바등하지는 않으니까. 이를테면 그 자유라는 걸 누릴 줄 안다는 것이다. 그것이 당신과 나의 차이라고나 할까.

순간 동작, 다람쥐는 나뭇가지 사이로 몸을 숨긴다. 그와 나의 짧지 않은 소통이 끝난다. 양손으로 무릎을 짚고 일어서니 다리가 휘청거린다. 고개를 들어 죽죽 뻗은 나무들을 올려다본다. 우거질 대로 우거진 나무들이 팔을 섞어서 하늘을 가리고 함께 서있다. 숲은 아름답다. 숲에는 다람쥐 한 마리, 그리고 수많은 다람쥐들이 살고 있다. 그래서 숲은 더 아름답다.

다시 숲길을 걸으면서 생각한다. 산골짝의 다람쥐가 부럽다.

(2004. 계간수필 겨울호)

물소리를 들으며

혼자 앉아서 물소리를 듣는다. 그 시원이 어디인지 알 수 없는 물은 눈앞에서 두세 번 꺾이며 떨어져서 소(沼)에 잠긴다. 영국사 가는 길, 숨이 찰 즈음에 삼단폭포를 만났다. 폭포는 높지 않고 물줄기도 세지 않다. 마찬가지로 소도 둘레가 크지 않고 깊이도 얕다. 작고 조용한 폭포, 오히려 쉬기에 편안한 느낌이다.

평상처럼 편편한 바윗돌에 홀로 앉아있다. 이제 막 돋아나는 새잎들의 투명한 초록으로 천지가 눈부시다. 물은 연신 떨어져서 포말로 퍼지고 소는 그 물을 받아 안는다. 물은 소에 이르나 한쪽이 터져있어 또 어디론가 흘러내린다. 그러니 소는 더함도 덜함도 없이 마냥 그대로이다. 품었으나 다시 흘려보내니 소는 편안해 보인다.

소는 그 속을 훤히 드러내 보이고 있다. 물이끼 낀 돌들, 떨어져 겹겹이 쌓인 나뭇잎들을 들여다보며 나는 물소리를 듣는다. 물소리를 듣는다, 나는. 오래 앉아서 물소리를 듣는다. 이끼 낀 돌멩이도 부식된 나뭇잎도 보이지 않고 마침내 물소리마저 들리지 않을 때까지 하염없이 앉아있다. 오래 듣고 있으면 물소리는 귓속으로 들어와 가슴에서 잦아진다. 천 길 물속 같은 적막에 묻힌다. 물은 분명 소리를 내며 흐르는데 그 소리를 듣지 못한다. 나의 감각, 시각과 청각은 닫혀버린다. 깊은 사유에 빠진다.

내 삶의 그 어디쯤에서 들었던 물소리들을 기억한다. 오래 전 어느 새벽 팔공산골짜기에서 처음 물소리를 만났다. 2월 하순이었지만 산속의 밤은 길고 밤새 산을 흔드는 바람소리에 잠을 이루지 못했다. 푸르스름한 새벽에 산책을 나섰다. 산을 내려가다가 길 아래 깊은 골짜기에 길게 누워있는 계곡을 보았다. 어렵사리 내려갔더니 수면이 얼어붙어 있었다.

추위도 잊은 채 쪼그리고 앉았다. 얼어붙어 울퉁불퉁한 수면을 오래 들여다보고 있는데 가느다란 물소리가 들렸다. 얼음장 아래서 졸졸졸 물이 살아서 흐르는 것이었다. 그 순간 어떤 정감이 가슴에 일었고 그것은 다시 눈으로 뜨겁게 번졌다.

또 한 번 예사롭지 않은 물소리를 만난 적이 있다. 지리산자락 산청에서였다. 그즈음에 비가 많이 내려서 계곡의 물은 불어나있었다. 뒤틀고 굽이치며 흐르는 물살은 보기에 무서울 정도였다. 물살이 셌지만 흐르는 물에 발을 담그며 높은 웃음소리로 시간을 보내고 밤이 되었다.

돌계단 몇 개만 올라가면 되는 집에 들게 되었는데 밤새 잠을 이룰 수가 없었다. 모두들 잠이 들고 오직 물소리만이 깨어있었다. 콸콸콸, 천둥이 치는 듯, 산을 가를 듯 물은 밤새 고함을 질렀다. 밖으로 나갔다. 큰 돌을 골라서 앉았다. 물은 흐르고 또 흐르고 한정 없이 흘렀다. 그런데 오래 앉아있으니 소리가 없어졌다. 물소리가 들리지 않는 것이다. 밤은 깊고 고요하였다. 그 밤 내 가슴에는 조용한 눈물이 흘렀다.

팔공산골짜기에서 가느다란 물소리를 만나 무언지 모를 정감에 휩싸이던 그때 나는 세상물정 모르던 스물세 살이었다. 산청의 계곡에서 거센 물살을 바라보며 밤을 보낸 때는 삼십대가 저물던 어느 여름날이었다. 그리고 세월을 또 훌쩍 뛰어넘어 오늘 다시 물소리를 듣는다. 물소리, 그것은 나에게 어떤 의미였던가. 영국사 가는 길에서 물소리를 다시 만나 가는 길도 잊고 일행도 잊고 상념에 잠긴다. 물소리에 잠긴다.

스물세 살, 주어진 삶의 무게를 이기지 못하여 두어 달 쉬겠다고 산에 들었다. 그 푸른 새벽에 들은 얼음장 밑의 물소리는 설익은 고민에 빠졌던 나를 어떤 새로움으로 이끌어 준 것 같다. 산청의 거센 물살은 그 시절 나를 뒤흔들던 고뇌와 갈등을 씻어 보내고 가슴에 평화를 채워주었던가 싶다. 그런 시간을 가진 후 스물세 살의 나는 염세에서 벗어났고 삼십대의 나는 스스로를 가지런히 다듬었다.

눈물이 핑 도는, 가슴이 촉촉하게 젖는 어떤 시간을 그렇듯 물소리로 만났다. 새로움, 새 힘, 평화를 물소리에서 얻었다. 물은 언제나 흐르고 여기저기서 물소리를 만난다. 여느 땐 무심히 흘려버리는 소리를 특별히 유정하게 들었던 것은 그때 내가 삶과 마주서서 치열하게 싸우고 있었던 까닭이다.

　오늘 다시 물소리는 특별하다. 나의 내면에 머물러 있으나 견뎌내고 내보내야하는 아픔이 있기 때문이다. 하필 왜 물소리일까. 물소리를 듣고 있으면 마음이 고요해지는 까닭이고 그러면 맑게 갠 내면의 소리가 들린다. 수직으로 떨어져서 수평을 이루는 그리고 흘러가는, 낮아지고 내보내며 평온해지는 물의 몸짓을 본다. 소리가 있으나 그 소리마저 버리고 마침내 고요해지는 물의 마음을 읽는다.

(2006. 선수필 여름호 특집)

오후 네 시

오후 네 시

비가 조용히 아주 조용히 내린다. 아침부터 대기가 물기를
잔뜩 머금고 있더니 정오를 지나면서 대지를 촉촉이 적시는
빗물이 되었다. 몸이 무거운 건 습기 탓인가. 어깨에 내려앉
는 피로의 무게가 느껴진다.

영주에 있는 부석사와 이름이 같은 쌍둥이 절이 충남 서산
에 있다는 기사를 석간신문에서 읽는다. 의상대사가 지었고
절을 세운 연대와 선묘낭자의 설화까지도 같다는 기사를 읽
는데 연달아 재채기가 난다. 알레르기, 이즈음이면 재발하는
증상이다. 봄을 알레르기로 앓는다.

오후 네 시

조금은 지치는 시간이다. 하루의 3분의 2쯤이 지나갔다.
두어 시간 후면 어스름이 내릴 터이고 그러면 일을 마치고
소파에 앉아 텔레비전을 보거나 독서등을 켜놓고 책을 읽을

것이다. 어둠이 이 세상의 구석구석까지 내려앉아서 창밖 풍경을 새까맣게 지우면, 허리가 아파서 더 이상 소파에 앉아 있기 불편하거나 책을 읽던 눈이 까칠해져서 잠을 청하지 않을 수 없게 되겠지. 짧은 기도와 함께 나는 잠에 들리라. 오, 행복한 잠!

　점심시간 그러니까 오후 한 시에서 두 시 사이에 문화예술회관에 다녀왔다. 벚꽃이 만개하여 두류공원을 온통 연분홍 꽃구름으로 덮고 있었다. 계단을 바쁘게 올라서 전시회장엘 갔다. 『가톨릭전례미술연구회』의 회원전이다. 나를 초대한 작가회장의 우아하고 역동적인 모습이 아름답다. 그의 환한 미소와 쾌활한 걸음걸이가 내게로 옮겨와서 기분이 좋아졌다. 물질로만 존재하던 질료들에서 예술작품을 창조해낸 자의 충만한 기쁨이 그에게서 뿜어져 나왔다.

　어떤 작품 앞에서 오래 서 있었다. 세 점의 수채화로 하나의 작품을 이루었다. 가운데는 빛살이 둥글게 퍼져있는 태양의 형상 혹은 종교적인 아우라, 왼쪽에는 검은 바탕에 생명력이 넘치는 키 큰 해바라기를 흰색으로 그렸고 오른쪽엔 흰 바탕에 시들어서 고개가 꺾인 해바라기를 검정물감으로 표현하였다. 왼쪽의 해바라기는 어둠 속에서도 빛을 잘 받아들여서 밝은 생명을 키웠고 오른쪽 해바라기는 양지바른 곳에서도 어둠을 받아들여서 스스로를 시들게 하였다. 그렇게 누군가가 설명을 하고 있었다. 잠시 십자가의 예수와 두 도적을 생각했다.

작품은 예사롭지 않은 의미로 뇌리에 남았다. 고개 꺾인 해바라기 그림이 마음을 아리게 한다. 행여 내가 그런 모습은 아닐까. 석간신문을 읽는 시간은 그래서 늦어졌다. 충남 서산에 있다는 그 '부석사'에 꼭 한 번 가보고 싶다. 아랫돌과 뜬 돌, 서로 닿지 못한 채 천년을 견디고 있는 두 개의 큰 돌이 가슴 미어지게 하고, 선묘낭자의 애련한 연모가 스며있는 영주의 부석사를 좋아한다. 그래서 '부석'의 의미는 다소 다르지만 미지의 그 작은 부석사에도 가보고 싶은 것이다.

　신문을 접고 창밖을 내다본다. 소리 없이 내리는 비에도 세상은 젖는다. 그렇듯 형체 없이 흐르는 시간도 개인사와 역사 그리고 풍화작용이라는 유형무형의 흔적을 남긴다. 도로가 번들거린다. 옛 동요에서처럼 '노란 우산 파란 우산 찢어진 우산'이 아니라 온갖 종류의 우산들이 지나간다. 우산들이 지나가는 길에서 비에 젖는 가로수 플라타너스를 바라보다가 문득 범어네거리에 서 있는 오백 년 수령의 은행나무를 생각한다.

　아침에 동대구로를 지나오다 보니 은행나무에는 다시 실가지가 나오고 그 가는 가지에 잎눈이 파릇하게 맺혀있었다. 또 한 번 고목은 혼신의 힘을 다해 잎을 밀어낼 것이다. 그 나무가 안쓰럽다. 나무는 오래될수록 귀한 것이어서 보호수로 정해지고 보살핌을 받는다. 내력이 적힌 돌비석을 발치에 세우고 있는 그 나무도 빈속을 시멘트로 채우고 여기저기 치료받은 상흔을 지니고 있다. 근근이 생명을 부지하고 있는 게다. 그 은행나무의 시간은 몇 시일까. 23시? 어쩌면 그보다 더 늦은 시각일까. 나무가 잠자고 싶어 할지도 모른다는 생각을 하면서 출근을 했다.

감기약, 위장약을 나누어주는 사이사이에 고흐가 동생 테오에게 쓴 「반 고흐, 영혼의 편지」를 읽었다. 마음이 너무 아파서 몸까지 아프게 된 친구와 좀 긴 통화도 하였다. 그렇게 오전을 보내고 숨 가쁘게 문화예술회관엘 다녀왔다. 석간신문을 읽었고, 은행나무를 생각했다. 일과 책읽기와 사람사이를 오가며 시간은 간단없이 흐른다.

그리고 오후 네 시

시간이 웬만큼 무게로 느껴진다. 내 생애의 오후 네 시, 내게 비추어졌던 빛과 이따금 드리워졌던 어둠 속에서 아름다이 살았다고 자신할 수는 없지만 애쓰며 살았다고 말할 수는 있지 않을까. 내가 지금 어떤 모습의 해바라기가 되어있는지 확연하지는 않지만 그게 나일 수밖에 도리가 없지 않은가. 지나간 시간은 이미 지나간 것이다.

오늘의 어스름과 깊은 밤을 예감하듯이 남은 날들을 헤아릴 수는 없으나 저 비처럼 조용한 오후가 내게 한동안 있었으면 좋겠고, 한유한 어스름이 좀 길게 남아있었으면 좋겠다. 마침내 밤이 깊고 깊어서 내가 잠자고 싶을 때 이불이 포근했으면 더욱 좋겠다.

(2006. e-supil.여름호)

창문으로 내다본 풍경

자동차가 긴 마찰음을 낸다. 이따금 듣는 소리지만 들을 때마다 가슴이 철렁한다. 창밖을 내다본다. 별일 없는가보다. 자동차들은 쌩쌩 달리고 인도에는 어른들과 아이들이 천천히 또는 바쁘게 걸어가고 있다. 느티나무 가로수들은 제자리에 굳건하게 서있다. 북쪽 창으로 내다보는 풍경이다.

집의 남쪽에도 창이 나있다. 그쪽 풍경은 좀 더 정적이고 서정적이다. 아파트의 공동정원인데 늘 조용하다. 나무들이 서있고 산책로도 있으며 원두막만한 쉼터도 있다. 그 너머는 숲이다. 남쪽 창으로 밖을 내다보면 편안해진다. 그러니까 나는 북쪽 창으로 역동적인 삶의 현장을 내다보고, 그 삶에서 고단해진 마음을 남쪽 창을 내다보며 쉬는 것이다. 세상의 모든 창들은 그렇듯 풍경을 담아낸다.

지난 일요일 팔공산엘 가다가 어느 길목에서 갑자기 걸음을 멈추었다. 큼지막한 바윗돌이 하도 많아서 보고 가자는 것이었는데, 그 옆에 있는 묘지를 먼저 둘러보게 되었다. 키 큰 소나무로 둘러싸인 묘지는 조용했다. 한눈에도 오래된 묘지임을 알 수 있었다. 비단실처럼 가는 풀이 오륙십 센티미터 정도로 웃자라서 넓은 묘지를 고르게 뒤덮고 있었다. 신비하였다.

한 기의 무덤이 위쪽에 있었고 조금 떨어져서 아래로 또 몇 기의 무덤이 있었다. 묘지주변을 이리저리 거닐었다. 영혼이 떠난 육신의 집, 흙으로 돌아간 지 오래되었을 망자의 집 앞에서 조금의 거리감도 두려움도 느낄 수 없었다. 묘비를 읽었다. 府事金海金公之墓, 貞夫人綾州朱氏祔左, 부부의 합장묘였다. 오래된 유택이 주는 느낌은 허무함도 쓸쓸함도 아닌 평화였다.

그러다가 돌들이 있는 곳으로 걸음을 옮겼다. 처음에는 도로 쪽으로 세워놓은 빗돌에 새겨진 시를 읽으며 걸었다. 고은의 「시인」 신경림의 「갈대」 안도현의 「너에게 묻는다」를 읽다가 안으로 들어갔다. '돌 그리고…' 라는 테마공원이었다. 가운데에 가지를 희한하게 뻗은 배롱나무 고목이 서있고 그 둘레를 패랭이꽃이 에워싸고 있었다. 스피커에서는 조영남의 「그대 그리고 나」가 낮게 흘렀다.

수천 점의 크고 작은 돌들을 느릿느릿 구경하다가 정원용 테이블에 앉아있는 수염이 텁수룩한 중년남자를 보았다. 묘지를 덮고 있는 풀의 이름을 아느냐고 내가 물어보았다. 그가 모른다고 대답하였다. 오후 세 시의 햇살아래 금빛으로 일렁이는 풀들을 바라보며 참 보기 좋다고 내가 또 말했다.

"후손이 왔을 때 벌초하지 말라고 했어요." 그가 말했다.

그래서 그가 그 공원의 주인인 줄 알았다. 크고 작은 돌들을 보고 경탄하는 나에게 그는 혼자가 아니면 집을 구경시켜주겠다고 하였다. 수석을 좋아하는 남편이 저쪽에서 관상삼매경에 빠져있었다. 남편을 불렀다. 밖에서는 무슨 창고 같이 단조로운 느낌의 단층집으로 보였으나 계단을 내려가서 보니 이층집이었다. 벽이 투박하고 높아서 의아했는데 집주인이 "죄인이라서 감옥에서 산다"고 농담처럼 말했다. 그럴듯했다. 집안으로 들어서자 여염집이 아니란 걸 금방 알 수 있었다. 오디오 장치와 피아노가 있는 무대, 여러 사람이 한꺼번에 앉을 수 있는 긴 회의용 탁자, 많은 음반과 책들, 다 열거해서 무엇하랴. 아래층은 작은 음악회 같은 '모임'을 위해 마련했다고 하였다.

아래층에서 밖을 내다보니 그의 말대로 감옥처럼 벽만 보였다. 그가 이층으로 우리를 안내했다. 거기서 벽은 물론 구석구석에 나 있는 여러 개의 창문들을 보았다. 아니 창문들이 아니라 창문에 들어와 있는 풍경들을 보았다고 해야 맞겠다. 창 하나하나가 산수화나 풍경화를 담은 그림액자라고 그가 말했다. 정사각형, 직사각형, 옆으로 긴 것, 위아래로 긴 것, 창문들에는 그의 말처럼 저마다 다른 풍경이 그려져 있었다. 먼 산 능선, 가까운 나무숲, 돌무더기들….

정원의 돌에 새겨진 "처음과 같이 이제와 항상 영원히"를 보았을 때 그가 가톨릭신자라는 걸 알았다. 부부가 거처하는 이층에는 군데군데 십자가상, 성모상들이 있었다. 묵상을 위해 마련된 작은 방에 들어섰다. 잠시 천국을 본 것 같았다. 낮은 탁자 한 개와 방석이 좌우로 긴 창을 향해 놓여있었다. 조금 전의 그 묘지가 바로 눈앞에 보였다. 비단실 같은 풀들이 미풍에 하늘하늘 물결지고 있었다.

차안과 피안이 창 하나를 사이에 두고 함께 있다. 어느 고요한 시간에 누군가가 홀로 앉아서 묵상에 잠긴다. 적념. 그런 영상을 떠올려보는데 눈물이 날 것 같았다. 그 창으로 묘지를 바라보며 묵상을 하면 죽음이 그리 낯설거나 두렵지 않을 것 같고 삶과 죽음의 경계마저도 지울 수 있을 것 같았다.

그 집 창문으로 내다본 풍경은 여럿이었으나 오직 묘지풍경만이 뇌리에 남았다. 죽음이 피할 수 없는 인간의 숙명이란 걸 모르는 사람이 있을까. 그럼에도 불구하고 그것은 영영 내 것이 아닐 것 같다. 마냥 살 것 같다. 그러한 의식 또는 무의식이 죽음에 대한 묵상을 회피하게 하고, 나아가서는 삶에 대한 성찰마저도 가벼이 하게 했을 터이다. 삶은 그 유한성 때문에 존귀한 것이고 죽음은 반드시 오는 것이기에 또한 숭고한 것임을 그 창문을 내다보며 새삼 깨닫게 되었다.

글을 쓰는 동안 북쪽 창에 햇살이 비낀다. 다시 창가에 선다. 길에는 여전히 사람들과 자동차들이 다니고 건너편 아파트 너머로 멀리 팔공산의 긴 능선이 또렷이 보인다.

(2007. 계간수필 가을호)

그대를 위한 헌사

그대와 마주하고 있으니 문득 얼마 전에 경주로 가는 국도에서 본 까치 생각이 난다. 빈 나뭇가지에 앉아서 제 집을 바라보는 까치를 한참 쳐다보았었지. 겨울햇살에 씻긴 듯 하얀 가지에 긴 꽁지를 늘어뜨린 채 제 집을 향해 미동도 없이 앉아 있는 까치의 모습은 매우 인상적이었어. 집밖에 나와서 집을 바라보던 그 까치처럼 나 오늘 그대 밖에 서서 그대를 바라보려 한다. 그렇다고는 하나 그대와 내가 둘이 아니니, 결국은 독백이 되고 말 테지.

깊은 밤 적연한 시간, 세상 다른 모든 정황들과 따로 놓여 있는 그대는 초췌하고 외로워 보이네. 그건 그대의 본성 때문이기도 하고 나이 탓이기도 한 것이야. 그대는 이제 초로에 접어들었다. 흔히 갱년기라고들 하지. 미래보다는 과거가 길고, 되돌아보면 긍지보다 회한이 많고….

그대는 늘 어디 깊숙한 곳 또는 고요한 시간 속으로 숨어

들고 싶어 하였는데, 최근에는 그 마음이 더욱 절실해졌지. 그러한 심경은 도피열망으로 가볍게 치부될 수도 있지만 아마 그런 건 아닐 게야. 이 글을 쓰는 내가 누구인가, 바로 그대 아닌가. 하여 나는 그대의 편에 서서 그대를 전폭적으로 지지하며 위로하고 싶다네.

그대는 이즈음 몹시 혼란스러워 하고 있다. 살아온 시간의 의미는 무엇이며 어떤 가치를 부여잡고 있었나 하는, 진부하나 또한 진지한 물음에 직면해 있다. 이런 경우 대개 물음만 있고 여간해서 명료한 답을 찾을 수는 없지. 여기에 그대의 고뇌가 있다는 걸 알고 있다. 어떻게든 정돈을 해서 내면의 소란스러움을 잠재우고 싶겠지만 초조해하지는 않았으면 해. 본시 그대는 생각이 너무 많아서 스스로를 힘들게 하면서 살아왔어. 깊은 사유보다는 얕은 회의에 빠져서 조그만 걸림돌에도 넘어져서 얼른 일어나지 못하였지.

이태 전에 그대는 수필 「오래된 마을에서」에서 오래 전에 살았던 다소곳하고 살림 손끝 야문 아낙네가 되고 싶다고 하였다. 이 시대에 '다소곳이'라니, 페미니즘 운운하는 이도 있었지. 여기에서 그대가 생각한 아낙네는 세상 때가 묻지 않은 무구한 여인이란 걸 나는 알고 있다. 그렇지. 그대는 아주 오래 전에 순진무구한 아이에게서 걸어 나왔고, 굽은 길 휘어진 길을 걸어오면서 남루해졌다고 생각하고 있으니까.

남루를 입기 전으로 돌아가자면 아득히 거슬러 올라가야겠지. 어느 시점으로? 혹은 어디로? 그리고 어떻게? 다시는 아이의 영혼이나 심성이 될 수 없고, 순박한 여인으로 살아 볼 수도 없다. 그게 현실이야. 그래서 그대는 불행한가. 아닐 게야.

거슬러 올라가고 싶다? 아득히 거슬러 올라가서 옛 여인이 되고 싶다는 열망의 진실은 어쩌면 과거로의 회귀가 아니라 종교적 회개일지도 모른다는 생각이 들지 않나. 그대 살아온 궤적, 오류가 적잖았으니 회한이 없을 수 있겠는가. 하지만 현실적으로 그대가 무엇을 할 수 있는가. 그대가 지나온 발자국들은 이미 그대의 것이 되어버렸으니 지울 수도, 부정할 수도 없지 않을까. 나는 이 글이 고백록이나 참회록이 되는 걸 경계한다. 그러니 이쯤 해 두겠네.

이제 그대와 좀 더 내밀한 얘기를 나누고 싶다. 「술 취한 노파」란 작자미상의 고대 조각품을 어떤 화보에서 보았을 때, 그대가 받은 감동을 기억한다. 술병을 끌어안고 있는 노파의 모습은 추하기 짝이 없었지. 현실에서 그런 몰골을 보았다면 틀림없이 그대는 비켜섰거나 얼굴을 찌푸렸을 거야. 작품에는 그러나 '주정뱅이 노파에게 포함된 시간의 의미, 추함에서 아름다움의 기억을 들추어낸다.' 는 설명이 붙어있었다. 그대의 심안은 얕고 흐릿해서 그 문장을 읽지 않았다면 별다른 감흥 없이 책장을 넘겼을 것이야.

자, 이제 핵심에 이른 것 같네. 노파에게 축적된 시간의 의미를 천착하고, 추함에서 아름다움을 찾아내는 것은 인간에 대한 연민, 긍휼히 여기는 마음을 가져야만 가능한 일일 게야. 연민이라, 연민이란 게 꼭 타자만을 향하는 정서는 아닐 게야. 자기연민은 어떤가.

그대에게 쌓인 세월에서 아름다움을 찾아내게나. 그대에게 있었던 무구한 아이, 순결한 처녀, 젊고 착한 여인, 건강한 노역, 그런 것들이 그대의 비루함을 어느 정도는 상쇄해주지 않을까. 그걸 수긍할 수 있다면, 나아가 그대 자신에게 조금 더 너그러워질 수 있다면 훨씬 편안해질 게야. 편안해진다, 생각만 해도 눈물겹지 않은가.

평화가 함께 하기를 빌며 이 글을 그대에게 바친다.

2007년 2월, 깊은 밤에

(2007. 에세이스트 3·4월호)

2부

근황

더러는 비루하지만 대개는 치열하고 고결하며,
가벼워 보이나 진지하고, 고단하지만 따뜻하다.
수천수만의 삶, 그 외양과 내용들을 가늠해본다.
의미 없는 삶이 어디 있으며
절절하지 않은 생명 또한 어디에 있으랴.

각북 가는 길

미술관 마당이다. 각북 가는 길 초입에 있는 미술관은 마당이 운치가 있어서 꼭 쉬었다 간다. 마당에는 오래된 왕벚나무가 여러 그루 서있는데 봄이 오면 꽃이 만개해서 하늘을 뒤덮기에 바라보는 이를 황홀경에 빠지게 한다.

마당에는 웃음소리가 깔깔깔 굴러다닌다. 갈래머리를 한 소녀가 인라인스케이트를 위태롭게 타면서 까르륵 웃어재낀다. 아이의 젊은 엄마는 뭐라고 거들며 박수를 치고 아빠는 그 모습을 사진기에 담느라고 이리저리 앵글을 맞추고 있다. 한 가족이 만들어 내는 소리가 예쁘다. 봄은 아직 한 뼘쯤 떨어져있어 왕벚나무 실가지에 조롱조롱 꽃눈으로 망울져 있는데 어린 소녀는 하얀 블라우스와 어깨 끈이 있는 푸른 치마를 입고 봄을 부른다.

조형물 사이를 빠르게 지나다니는 소녀를 바라보다가 전시실로 들어간다. 지난 연말 송년전시회 때 감상했던 그림들이 아직 걸려있다. 정물화 몇 점, 풍경화 몇 점, 가라앉은 분위기다. 그림을 감상하기엔 모두들 너무 강퍅한 현실이고 메마른 가슴인가보다.

다시 길을 나선다. 길섶엔 개나리가 피었고 드문드문 진달래도 보인다. 언제나 그렇듯이 작은 폭포가 있는 곳에서 걸음을 멈춘다. 물은 흘러내리고 있으나 물소리가 나지 않을 만큼 물줄기가 가늘다. 오래 가물었다.

각북 가는 길, 도시를 벗어나면서 좁아지는 길에 '옛날 손찐빵' 가게가 줄을 서 있다. 다섯 개에 이천 원하는 찐빵을 사고, 헐티재에서 한 잔에 칠백 원하는 커피를 마시고, 각북의 어느 작은 집 마루에서 찹쌀수제비를 먹는 것이 이 길에서 내가 누리는 호사다. 그것은 그러나 겉으로 보이는 호사일 뿐 정작 내 마음이 얻어가는 평화에는 비할 바가 못 된다.

열 번을 가도 또 오라고 손짓하는 곳이 각북이다. 각북, 언젠가 어떤 문예지 편집자가 내 원고에 지명으로 등장한 '각북'이 혹시 '강북'이 아니냐고 확인 전화를 했었던 그 각북이다. 대구에서 경북 청도로 가는 길에 있는 각북면에는 작고 아름다운 마을이 있는데 나는 그 어디쯤을 그냥 각북이라 부른다.

봄이고 겨울이고 때 없이 각북엘 간다. 휴일 한나절이면 넉넉히 다녀올 수 있는 곳이어서 자주 찾다보니 오가는 길에 만났던 꽃 한 송이 나무 한 그루가 다 유정하여서 애잔하기도 하고 정겹기도 하다.

청정미나리 가게가 길가에 즐비하고, 용천사 앞 빈터에 농산물 좌판이 쫙 깔려있는 이 길에도 만만찮은 삶의 현장이 이어지는데 일상을 벗어났다고 나는 가벼운 마음이 된다. 가벼운 마음이 될 수 있으니 어찌 이 길을 나서지 않으랴. 마음이란 게 나에게는 대체로 무겁다. 어느 때는 너무 무거워서 흔한 말로 납덩이다. 생각해보면 마음만큼 마음대로 되지 않는 것도 없을 성싶다. 온갖 게 다 근심거리인 성격 탓이고 조그만 상처도 자꾸 들여다보아서 덧나게 하는 소심함 때문이기도 하다.

마음이 시끄러우면, 이철수 판화산문집에서 읽은 '거기와 여기도 다를 것이 없습니다. 매인 데 없는 마음에 집을 짓습니다.'를 화두인 양 뇌고 또 뇐다. 어제 아침과 오늘 아침이 그리 다르지 않고 거기와 여기가 다를 것이 없는 마음, 그 마음을 나는 언제쯤 얻을 수 있을까.

각북에 가자면 헐티재를 넘어야 한다. S코스를 한참 오르면 언덕배기에 천막을 친 간이음식점이 있다. 자동차들은 대개 거기서 멈추고 호흡을 가다듬는다. 헐티재의 바람은 아직 차다. 뜨거운 커피가 그래서 한결 맛있다. 커피를 마시며 산 아래 동네를 내려다보노라면 내 언제 삶에 찌들어 있었던가 싶어진다. 둘러보니 여기저기 까치집이 보인다. 여름에 나무가 우거지면 보이지 않다가 늦은 가을부터 겨울엔 산바람 속에 그 모습을 드러내는 까치집은 볼 때마다 반갑다. 지난여름 태풍을 견뎌내었구나. 한겨울 삭풍에도 건재했구나. 그렇게 입속말을 하며 한참이나 바라보게 한다. 까치에게도 생존은 절절한 현실일 터, 구겨지고 얼룩지고 젖은 마음이 왜 없었을까.

거기와 여기가 다를 것이 없다는 말이 가감 없이 그대로 다가온다. 다만 헐티재의 까치는 그리고 세상의 모든 새는 마음을 부질없는 일에 붙들어 매어서 소란스럽게 하거나 무겁게 할 만큼 어리석지 않으리라는 생각이다. 이렇듯 드높은 곳에, 바람이 자유롭게 불어오는 저 나무에 작은 집 한 채 지어서 매인 데 없이 사는 것을 보면.

소란스러운 마음을 바람에 헹구어내고 헐티재를 넘는다. 마침내 각북에 와서 복숭아 과수원길 사이를 천천히 걷노라면 형언할 수 없을 만큼 신비한 평화가 마음에 깃든다. 이 마음 그대로 가져가야지. 거기와 여기가 다르지 않은데 여기 마음과 거기 마음이 다를 까닭이 무엇이랴. 하지만 두어 달쯤 후에 나는 또 이 길을 지나게 될 것이다. 내 마음은 자주 헌 옷감처럼 얼룩이 지거나 구겨지기 때문에.

(2006. 수필시대 7·8월호)

근황

― 2005년의 그대에게

내가 이곳에 얼마나 오고 싶어 했는지 그대는 알고 있을 거야. 앞집 옆집 울도 담도 없는 촌락을 오래 소망했더니 마침내 이루어졌다. 35년을 함께 보낸 그의 고향 영일군 상옥리야. 그는 뒤꼍에 있는 텃밭에 나가 상추 파 고추 따위를 돌아보는 일로 한나절을 보낸다. 그리곤 이른 점심을 먹고 마을회관에 가서 어릴 적 친구들과 장기를 두다가 해거름이 되어서야 어슬렁어슬렁 들어온다. 그 모습을 볼 때마다 이곳에 오길 잘했다는 생각이 든다.

나는 그다지 좋은 아내는 아니었던 것 같다. 일에, 글쓰기에, 읽기에 매달려서 시간을 쪼개 쓰며 그에게 별로 다정하지 않았다. 그렇게 수십 년을 살았으니 그는 아마 외로웠을 게야. 그에게 가장 푸근한 곳은 고향이란 생각을 하게 되었다. 누이 좋고 매부 좋은 격이지. 그는 고향에 가면 좋을 테고 나는 작은 마을에 가고 싶었으니까.

이곳으로 올 때, 오래 함께했던 십장생 돋을새김 문양의 장롱을 처리하기가 힘들었다. 두 아이가 다 고개를 흔들었다. 붙박이가구에 익숙한 아이들이 그런 짐을 좋아할 리가 없지. 골머리를 앓은 끝에 우리 연배의 이웃에게 주고 왔어. 버릴 수는 없었거든. 그 다음에 문제가 된 것은 수십 년 끌고 다닌 책들이었다. 이사할 때마다 가려내서 줄여왔는데 이번에는 줄이는 정도가 아니라 대부분을 처리해야만 했어. 아직도 온갖 것이 다 아깝다. 버림의 미학이 어쩌고 하면서도 속내는 영 그렇지 못하니. 스스로를 타일러가며 나눠주고 버리고 한 끝에 겨우 홀가분해질 수 있었다.

농사지을 땅도 건강한 의지도 지니고 있지 않기에 이 마을에서 사는 것에 미안함이 없지는 않다. 하지만 고향이란 워낙 넉넉한 곳이 아니겠나. 이웃들은 우리를 따뜻한 마음으로 맞아 주었다. 이따금 어느 이웃이 손맛 듬뿍 든 수제비나 김이 무럭무럭 나는 삶은 감자, 찐 옥수수를 나눠 줄 때면 우리는 체면 없이 함지박만하게 웃는다. 무엇보다 그의 옛 친구들은 귀향한 그를 반가워하고 건강이 좋지 않아서 쉬어야하는 나를 이해해 주었다.

때맞춰 그와 나의 조촐한 밥상을 마련하고, 글을 쓰거나 책을 읽다가 멍하니 앉아있기도 하면서 시간을 보낸다. 이 집을 나서서 조금 걸으면 양쪽에 사과 과수원이 있는 호젓한 길이 나온다. 그 길을 아침저녁으로 걸을 때면 몸과 마음에 평화가 충일해 온다. 과수원은 사철 다른 정취를 자아낸다.

잎, 꽃, 열매, 나목들이 끊임없이 되풀이 되는 지극히 당연하면서도 신비한 변모를 놓치지 않고 바라볼 수 있어. 그렇다고 그런 나를 너무 그럴듯하게 떠올리지는 말아. 2005년의 그대라면 혹 과수원 길의 정경과 어울리는 그림이 될지도 모르지. 지금의 나는 그저 조그마한 할머니일 뿐이야.

이 집 이야기가 빠졌네. 농가 한 채를 샀는데 하도 낡아서 새로 지었다. 왼쪽에 욕실 겸한 화장실, 부엌, 방 두 개 사이에 마루가 있는 일자형 집이다. 스무 평 남짓한 건평이지만 이런저런 편리함을 갖추었고 마당에는 화단도 만들었다. 도회지의 삶에 길들여진 내게 순수한 농가는 그야말로 꿈이었던 게야. 그나마 작은방을 돌아가는 모퉁이에 군불 땔 아궁이는 만들어두었어. 겨울에 아이들이 오면 그는 군불을 때면서 즐거워한다.

나는 이미 내 어머니보다 십수 년을 더 살았다. 그것이 가장 큰 자랑거리이다. 잘못 산 시간도 많았지만 그것은 살아 있다는 사실만큼 절실한 문제는 아니라는 생각이다. 나는 아이들을 결혼시켰고 손자도 보았다. 어머니가 못한 일을 나는 해 내었다. 그런 일은 얼핏 평범해 보이지만 어떤 사람에게는 매우 절절한 것이다.

붉게 물드는 서녘 하늘을 바라볼 때마다 생각을 한다. 여태도 쓰기와 읽기를 버리지 못하였다. 눈도 예전 같지 않은데 이 또한 욕심이다. 그마저 버리고 그저 뜨는 해 지는 해나 바라보며 사는 것이 만년에 누릴 복락이 아닐까.

그대, 천천히 걸어서 이리로 오게나. 그때 비로소 그대와 나는 하나로 겹쳐질 게야.

2015년 가을, 햇살 가득한 뜰에서

* 십년 후의 내 모습을 그려보았다. 그리 되기를 소망하며 오늘을 산다.

(2005. 에세이문학 가을호)

까치, 집을 바라보다

　빈 나뭇가지에 까치 한 마리가 앉아있다. 산기슭 비탈에 서 있는 갈참나무의 벗은 가지에 까치 한 마리가 긴 꽁지를 아래위로 까딱거리며 생각에 잠겨있다. 새는 한쪽 가지에 앉아서 나무의 중앙에 자리 잡은 역삼각형의 둥지를 바라보고 있는 듯하다. 한 점 그림 같다.

　새가 집을 바라본다. 그 집이란 게 내가 보기엔 불안하기 짝이 없는 구조물에 불과하다. 구조물, 그것도 새들의 공법을 존중해서 붙여준 말이다. 하지만 새에게는 더할 나위 없는 삶터가 아니겠는가. 제 집을 바라보는 새의 심경을 헤아려본다.

　감포 가는 길, 차창으로 겨울풍경을 내다보고 있었다. 빈 논에는 볏짚을 굴려서 두루마리모양으로 만든 짚더미가 눕혀져 있었다. 예전에는 볏짚을 뾰족탑 모양으로 세웠었는데 기계화된 농법이 볏짚가리의 모양도 바꾸었나보다. 둥글게 말려져 들판 여기저기에 놓여있는 양이 보기에 그리 나쁘진 않은데 전 같지 않아서인지 반갑지가 않았다. 미처 걷어내지 못한 볏짚이 주르륵주르륵 제일모직 골덴텍스 문양으로 누워있었다.

대지는 지금 묵상 중이다. 태초의 어느 날 혼돈에서 하늘과 땅이 나뉘고 다시 물과 뭍으로 갈라졌다. 그 뭍의 살점인 흙에서 최초의 인간이 만들어지고, 그리고 먼지 한 알갱이의 무게와 부피로 내가 생겨나고, 보시기에 좋았다…. 상념은 엉뚱하게 창세기로 거슬러 올라갔다.

엉뚱한 연상에서 엷은 햇살이 내리고 있는 겨울 들판으로 돌아오면서 실소했다. 나의 상념이란 게 그러나 영 엉뚱하기만 한 것일까. 겨울 들판을 바라보면서 나는 대지의 신인 어머니를 연상하고 잇대어 나를 낳은 어머니를 생각하지 않았을까. 대지―어머니(그리움)―집―대지, 이렇게 순서도 경계도 없는 생각의 조각들이 뇌리를 들고나지 않았겠는가.

아스팔트, 인도블록만을 밟으며 살아온 삶이 대지를 바라보자 오래 굶주린 아기가 어머니의 젖가슴을 만난 듯 반가웠다. 생각해보면 딛고 선 발밑에 정을 들이지 못한 채 살아온 세월이다. 수십 년을 살고도 타향살이 같은, 스스로 이방인 같은 결핍을 어찌하랴. 이 무채색의 대지가 어머니의 품 같이 눈물겨운 걸 어이하랴.

어머니의 입김이 느껴지는 대지를 바라보며 그 어디쯤에서 잃어버린 젖줄을 그리워한다. 이따금 몹시도 배고프던 기억들, 돌아가서 안기고 싶은 사무침 때문에 발밑은 늘 흔들렸고 집은 추웠다. 이제 그만 어머니의 젖가슴에서 손을 떼어야겠다.

빈 들판에서 시선을 거두며 다시 까치를 바라본다. 겨울 하늘아래 동그마니 얹혀있는 까치의 집을 올려다본다. 비둘기가 가는 가지를 하나하나 물어다가 집을 짓는 것을 유심히 본 적이 있다. 정확하게 말하면 비둘기가 연산홍 잔가지를 부리로 힘겹게 쪼아서 알맞은 목재로 만들던 노역의 과정을 보았다고 해야 옳다. 또 작은 가지를 물고 우거진 나무속으로 거듭 또 거듭 날아오르는 것을 보았다.

까치라고 다를까. 집을 짓는 노고가 있었겠지. 집에서 나와서 집을 바라보는 저 까치는 무슨 생각을 하고 있을까, 지난여름 태풍을 견뎌주었던 집이다. 거칠어 보이지만 포근하고 안온한 둥지이다. 새끼들을 살찌워서 세상으로 내보내던 더없이 소중한 터전이다. 그렇듯 집은 찬바람 불던 날, 안온했던 날, 사랑으로 눈물겹던 날들을 새와 함께 했다.

나 여기서 한 마리 까치가 되어 두고 온 집을 생각한다. 나도 새처럼 입술 부르트도록 가지를 물어다 날라서 집을 지었다. 형이상학의 보금자리, 형이하학의 구조물 어느 것이라 해도 좋다. 집은 내 삶의 궤적일 수밖에 없다. 폭풍우에도 견딜 만큼 구조는 튼튼한가. 비는 새지 않겠는가. 온도는 알맞은가. 공기는 쾌적한가. 영적이고 동시에 육적인 내 집을 여기서 살펴본다.

겨울 대지에서 연상된 어머니는 채워지지 않는 모든 결핍에 대한 그리움을 상징한다. 하지만 내 영혼이 사는 집이 때로 추운 것은, 내 육신이 사는 집에 비가 새는 것은 전적으로 내 탓이다. 어머니 때문이 아닌 게다. 그런데 나는 아직 따뜻하게 불 지피는 법을 익히지 못했고 지붕을 고치려는 의지도 부족하였다. 무엇보다 어머니처럼 깊고 넓게 끌어안지 못했다.

　제 집을 오래 바라보며 살피고 또 살피는 마음을 저 까치에게서 배운다.

(2005.생각과 느낌 봄호)

은해사 가는 길

저 하늘 어디쯤에서 빗물을 채로 쳐서 내려 보내는가보다. 고운 가루비가 내린다. 빗방울의 가는 입자가 빼곡히 내려앉은 차창으로 바깥을 내다보며 간다. 자동차는 서행중이다. 흐린 날 내다보는 풍경은 서정적이다. 나는 운전을 하지 못하기 때문에 언제나 조수석이나 뒷자리에 앉게 된다. 하여 자동차 안에서 항상 자유롭다. 풍경에 마음을 빼앗기기도 하고 근심에 묻혀있기도 하며 이런저런 상념에 젖기도 한다.

야트막한 산길을 지나가고 벼가 익어가는 들길을 지난다. 바깥풍경을 내다보고 있는데 간판 하나가 눈에 들어온다. '하늘 담은 호수', 찻집이다. 새털구름 유유히 흐르는 푸른 하늘이 담긴 호수를 그려본다. 세련된 디자인의 간판만 보일 뿐 찻집은 보이지 않는다. 하늘 담은 호수, 주인이 화가이거나 시인일 게다. 그렇지 않고서야 어찌 저런 이름을 붙일 수 있겠는가. 언제 한 번 가보아야겠다. 그윽한 향기 감도는 찻집 마당에 작은 연못이 있을지도 모른다. 거기서 기품 있는 주인이 가져다주는 차를 오래 음미하고 싶다.

자동차는 멈추지 않고 이내 다른 풍경을 만들어낸다. 찻집 이름에 빼앗긴 마음이 채 돌아오지 않았는데 많은 간판들이 다가오고 지나간다. '들꽃처럼', 아래 '오솔길을 걸어서 들어오세요.' 란 작은 글씨가 붙어있다. 오리구이집이다. 모텔 '꿈의 궁전', 부동산 '땅, 땅, 땅' 김소장의 휴대폰번호가 적혀있다. 간판을 읽기 시작하니 재미가 있다. 갈비집 '석류가든', '취선당 애기씨'는 점집인가 보다. 사찰음식 '죽비' 참 그럴듯하다. 한때 세상의 이목을 모았던, 소원을 들어준다는 '돌 할머니'가 놓인 곳도 안내되고 있다.

누군가가 붙인 아주 멋있거나 꽤 괜찮거나 기발한 상호들을 읽으며 삶의 여러 양상들을 생각해본다. 그 겉과 속이 같을 수도 있고 엄청나게 다른 이면도 있을 수 있는, 그 이름들 뒤에 사는 사람들을 생각해본다. 그들의, 행복하거나 혹은 몹시 고단한 삶을 생각하며 가고 있다. 내 이름 뒤에 있는 '나'를 돌아보며 은해사로 가고 있다.

절로 들어가는 길은 젖어있다. 보슬비 그치고 다만 흐리다. 숲길을 천천히 걷는다. 길은 조용하다. 오래된 굴참나무 아래서 잠시 걸음을 멈추고 키 큰 나무의 우듬지를 올려다보다가 다시 걸으려니 흰나비 한 마리가 허리쯤에서 난다. 나비의 하늘거리는 날갯짓을 따라가던 눈길은 건너편 풀숲에서 그것을 놓치고 만다. 철지난 매미소리를 들으며 조금은 숨 가쁘게 걸어간다. 사랑나무, 표지판 앞에 선다. 연리지(連理枝)다. 두 그루의 나무를 대강 휘둘러보고 다시 꼼꼼히 본다.

연리지를 소재로 쓴 사랑시를 읽었던 기억이 난다. 나무를 보기로는 처음이다. 느티나무의 맨 아래 가지 하나가 45 각도로 위로 뻗으며 참나무의 원줄기에 접목되어 있다. 느티나무가 참나무에 몸을 의탁한 듯싶다. 100년 수령이란다. 느티나무의 수피는 무늬가 있는 듯 없는 듯 잔잔하고 참나무의 수피는 거친 세로무늬이다. 두 나무는 아주 튼실해 보인다. 두 나무가 너무 가까이 있으면 한 나무가 죽게 된다고 한다. 그래서 공생을 도모한다는 독특한 생태, 그것을 사람들은 사랑이라 부른다. 연인의 사랑, 부부애, 그렇게 설명되어있다.

'왼쪽으로 돌면 아들을, 오른쪽으로 돌면 딸을…' 표지판에는 또 이런 말이 씌어있다. 딸아이를 데리고 온 젊은 부부가 다가오더니 표지판을 읽는다. 남편이 아내에게 손을 잡고 돌자 하니 아내는 웃으며 뒷걸음을 친다. 젊은 남편이 혼자 돌기에 "같이 돌아야지, 혼자 돌면 소용없어요." 참견을 하고 만다. 아내가 배시시 웃으며 손을 잡더니 왼쪽으로 한 바퀴 돈다. 무에 그런 신통력이 있으랴마는 속설에 마음을 기대는 모습이 밉지가 않다. 그런 소망에서도 한참 비켜서있는 나는 그들을 바라보며 말참견이나 한다.

하늘로 쭉쭉 벋은 소나무들, 참나무들, 느티나무들의 비에 젖은 냄새를 즐기며 또 걷는다. 계곡에는 맑은 물이 흐른다. 그 물 한 줄기 가슴속으로 들어온다. 마음이 맑게 갠다. 돌다리 앞에까지 왔다. 다리가 시작되는 곳에 오래된 돌이 서있고 거기에 이렇게 적혀있다, '大小人下馬處'. 벼슬아치거나 백성이거나, 그 누구라도 정토에 발을 디디려면 말에서 내려 몸과 마음을 낮추어라. 그런 뜻일 게다.

'하늘 담은 호수'가 대표하는 상호들에 내재되어 있을 삶의 온갖 양상들, 너무 여려서 애련하던 흰나비의 날갯짓, 그리고 생명을 나누고 있는 두 그루의 나무를 다시 생각한다. 더러는 비루하지만 대개는 치열하고 고결하며, 가벼워 보이나 진지하고, 고단하지만 따뜻하다. 수천수만의 삶, 그 외양과 내용들을 가늠해본다. 의미 없는 삶이 어디 있으며 절절하지 않은 생명 또한 어디에 있으랴.

다리를 건너기 전에 우선 신발에 묻은 흙을 털어내야겠다.

(2007. 대구문학 봄호)

구두

구두코를 내려다보며 걷는다. 말이 구두코이지 코고무신의 그 '코' 자를 붙이기에는 도무지 어울리지 않을 만큼 못생겼다. 명색 구두코라는 이름이 어울리려면 뾰족하거나 적어도 각이든 곡선이든 좀 날렵한 멋이 있어야 하지 않겠는가.

발은 편하다. 앞이 뭉툭하고 굽은 거의 없는 둔한 모양의 구두를 지하상가에서 사 신고 오는 길이다. 구두 속, 발바닥에서 발목부위까지 덧대어진 호피무늬의 두꺼운 천 덕분에 발에 와 닿는 감촉이 부드럽고 따스하다. 편하고 따뜻하다. 그것이 새 신을 찾은 목적이다. 그러면 된 것 아닌가. 구두를 내려다보며 걷다보니 그러나 그게 아니다. 미흡하다. 편하고 따뜻하고 맵시도 있으면 더 좋으련만.

구두가 선망의 대상이었던 때가 있었다. 신데렐라의 유리구두나 콩쥐의 꽃신까지는 아니더라도 예쁜 구두를 탐했던 기억이 있다. 1960년대 초 막내고모가 신던 '빼딱구두(하이힐)'

의 그 위태로운 아름다움이라니. 호시탐탐 발에 걸고 마당 구석을 아슬아슬하게 걷다가 고모한테 등짝을 한 대 맞고 빼앗겨야 했다.

그보다 10년쯤 뒤 또 한 차례 나를 황홀하게 했던 구두는 여학생화였다. 건강하고 매끈한 종아리, 발목에서 한 겹 접는 새하얀 양말 그리고 거기에 그토록 빛나게 어울렸던 까만 구두. 그 시절에 육칠십 명이던 한 반 학생 중에 한두 명만이 신을 수 있었던 그 구두는 선망의 대상이 되기에 모자람이 없었다.

필리핀 전 대통령의 부인 이멜다 여사처럼 호사를 누릴 까닭은 없지만, 신고 싶은 보통의 멋내기 구두 정도는 살 수가 있는데 이제 발이 허락하지 않는다. 발가락들에 문제가 생겨서 편한 신을 마련해야 했다. 모양도 없을 텐데 비싼 걸 살 필요가 있을까 싶어 지하상가엘 들렀다. 편해야 한다는 최초의 목표를 잊지 않으려고 눈에 들어오는 예쁜 모양을 다 지나쳐야 했다. 225mm의 발 크기를 무시하고 235mm 검정색으로 골랐다. 값도 쌌다.

구두를 내려다보며 걷다보니 지나치는 수많은 다른 구두들에 저절로 눈길이 간다. 코가 엄청나게 길고 뾰족한 갈색이 또각거리며 지나가고, 둘레가 만두처럼 주름이 잡힌 세칭 만두신이 스쳐가고, 때가 낀 헌 운동화도 바쁘게 걷는다. 그렇게 무심히 또 유심히 신발들을 지나치는데 어떤 구두가 눈에 잡힌다. 구두를 보는 것과 거의 동시에 그 주인을 향해 고개를 든다.

가로수 가지치기를 하는 인부다. 그리고 그의 구두이다. 낡은 군화, 196,70년대 젊은이들이 그런 모양의 검정색 구두를 신었었다. 가난의 상징이었지만 그런대로 시대의 멋이 되어버려서 오히려 낭만적이기까지 한 것이었다. 그런데 지금 이 사람의 구두는 그보다 훨씬 깊은 표정을 하고 있다. 실금이 무수히 진 가죽에는 누런 흙먼지가 끼어있다. 그 위로 작업복 아랫단을 구겨 넣은 검정색 회색의 가로줄 무늬 양말목이 보인다. 삶의 노역이 배어있다. 인부의 신발을 한 순간에 스치면서 낯이 익다 생각하는데, 진중권의『미학오디세이』에 게재되었던 고흐의「구두」가 떠오른다.

한 켤레의 구두가 얌전히 놓인 정물화였는데 흙이 묻어 있는데다 낡아서 한 짝의 발목부위가 바깥으로 접힌 채 널브러졌고 끈이 풀려 있었다. 명암에 의해 구두의 어두운 속이 들여다보였다. '빵의 확보를 위한 불평 없는 근심과 고난을 극복한 뒤의 말없는 기쁨, 구두가 진실로 무엇인지를 보여주고 있으며 그게 바로 아름다움이다.' 대개 이런 내용이 그림을 설명하고 있었다. 아무런 설명이 없었더라도 삶의 고단함과 절실함을 느끼기에 충분하였다.

구두가 진실로 무엇인가. 내게 진실이 담긴 구두가 한 켤레라도 있었던가. 신다가 낡아서 버리고 발이 아파서 신장에 방치하고 유행이 지나서 잊힌 구두가 도대체 몇 켤레나 될까. 생각해보니 아름다운 추억이 담긴 것도 특별히 애착을 가졌던 것도 없었던 것 같다. 구두에 한 번도 내 삶을 담지 않았던 것이다. 구두와 함께 길을 걷지도 않았다. 그것들은 무심히 쓰고 버리는 소품에 지나지 않았다.

지금 아픈 발을 감싸고 있는 이 못생긴 구두에 어쩌면 진실이 담길 수도 있겠다는 생각이 든다. 인생의 밭고랑을 흙먼지를 묻히며 함께 걷는 정도는 되지 못할지라도 남은 생 불편한 발을 맡길 믿음직한 친구는 될 수 있지 않을까. 낡아서 더 이상 신지 못하게 되어 신장 한켠에 얹힐 때까지 이 뭉툭한 구두는 내가 걸은 길을 기억하는, 내 발 내 삶의 진실을 알고 있는 최초의 구두가 되지 않겠는가.

더는 아래를 내려다 볼 까닭이 없다.

(2005. 표현)

뒤란 풍경

그가 부엌에 들어간 사이에 집을 한 번 휘 둘러본다. 가슴께에나 닿을 낮은 담장이 안고 있는 마당은 잘 손질되어있다. 섬세하고 부지런한 그의 손길이 미치지 않은 데가 없을 성싶다. 마당 가운데에는 고운 자갈이 깔려있고 한켠에 화단과 채마밭이 있는데 그 테두리에도 이런 모양 저런 빛깔의 돌들을 조르륵 박아서 정갈한 느낌이다.

그가 나를 초대하였다. 그는 대구에서 그리 멀지 않은 면 소재지의 한 작은 마을로 이태 전에 귀향한 이십 년 지기이다. 시간을 내기가 힘들어서 미루어왔지만 나는 번번이 "시샘날 것 같아서 안 간다."고 농담처럼 말했다. 정말 귀향한 그가 부러웠다. 사실을 말하자면 그를 시샘하거나 부러워해서는 안 된다. 그가 도시살림을 접은 이유가 남편의 건강 때문인 것이다. 그럼에도 불구하고 나는 고향으로 돌아간 그가 무슨 호사라도 누리는 양 부러워하였다.

부엌에서 나오며 그는 얼굴 가득 환한 웃음을 머금었다. 깎아서 두 줄로 눕힌 사과와 포도 한 송이 그리고 뜨거운 커피다. "커피 맛이 여전하네." "별 수 없어, 난 커피는 끊지 못해." 커피가 참 맛있다. 마주보며 도란도란, 그가 말을 많이 한다. 사람이 그리웠던 게다.

산책을 핑계로 집을 나서는 그의 남편을 대문까지 따라가며 그는 또 뭐라고 말을 한다. 들으나마나 하지 않아도 그만인 잔소리일 테지. 그 틈에 나는 일어난다. 돌아갈 요량이다. 신을 신다가 문득 오른쪽을 돌아본다. 추녀 밑에 커다란 양파 주머니가 두어 개 매달려있다. 자세히 보아도 무엇인지 모르겠다. 나무껍질을 자잘하게 잘라서 주머니 가득 채워놓았다. 몸에 좋다는 무엇이겠지. 혼자 빙긋 웃으며 돌아보니 거기에 꽤 넓은 뒤란이 있다.

뒤란 풍경이 나서려던 발길을 잡는다. 온갖 잡초가 무성히 자라고 있는 뒤란이다. 비닐장판을 입혀놓은 평상에는 엎어놓은 옹기들, 아무렇게나 던져진 호미 한 자루, 살 부러진 헌 우산 두어 개, 죽은 화분 몇 개가 놓여있다. 잦은 발길 때문에 잡초가 자라지 못한 한쪽에는 빨래걸이가 빨강초록 집게를 주렁주렁 단 채 맨몸으로 서 있고, 플라스틱 대야에 키우는 부레옥잠이 그 곁에서 꾸밈없이 웃고 있다.

덤불이 빈약한 빨간 줄장미가 뒤란을 빙 둘러서 여기까지라는 양 경계를 만들고 있다. 자유롭게 자라는 잡초들 사이를 흰나비 한 마리가 한가로이 난다. 뒤란은 그렇게 오후의 자애로운 햇살에 젖어서 졸고 있다. 평화롭다.

　내 유년의 집 뒤란을 떠올린다. 대청마루 뒤의 나무문을 양손으로 열어젖히면 뒤란이 드러났다. 감나무와 아주까리 나무, 난초와 꽈리, 찔레덤불이 무질서한 채로 어우러져 있던 그 뒤란을 무척 좋아하였다. 거기서 혼자 한나절을 보내도 좋았다. 나리꽃 봉숭아꽃잎 찧어서 동무도 없이 소꿉놀이를 했다. 그러다가 몽당치마 팔랑 뒤집고 오줌을 누기도 하였다. 그때의 꽃향기 흙냄새를 잊지 못한다.

　그 뒤란을 떠나서 세상의 이곳저곳을 떠다니고 여러 모퉁이를 돌아와서 이제야 깨닫는다, 뒤란은 그 자리에 그냥 있는 게 아니란 걸. 어머니가 저녁밥 짓다가 부엌 뒷문을 열고 나와서 행주치마에 눈물 닦던 곳이 뒤란 아니었을까. 열아홉 큰언니가 남몰래 뒤란에 나와서 가슴 콩닥거리며 편지쪽지를 읽었던 곳도 뒤란이었을 터였다. 어머니께 매 맞은 말썽꾸러기 작은오빠가 오래 훌쩍이던 곳도 뒤란이었다. 집안 식구 누구에게나 위안이 되어주던 공간이 뒤란인 것이다. 그 뒤란이 그립다. 지금 그곳에 갈 수만 있다면 거기서 한나절을 목 놓아 울어보고 싶다.

　그가 내 옆에 와 선다. "이 집에서 제일 좋은 곳이 여긴 것 같아." 별나다는 듯이 피식 웃어버리지만 어쩌면 그도 가끔은 이곳에서 고단함을 달래며 스스로를 추스를지도 모르겠다. 깨진 항아리가 뒹굴어도 좋고 손길 가지 않은 화초들이 널브러져 있어도 그만인 곳이 뒤란이다. 잡초와 녹슨 호미와

시든 장미꽃이 함께 있는 뒤란은 생의 이면을 그러안고도 참으로 편안해 보인다. 슬프거나 지쳤을 때 그곳을 찾아서 울어도 좋고 쉬어도 좋으리. 정말이지 그런 뒤란을 가지고 있는 그가 전보다 더 부럽다.

그에게 뒤란이 있어서 참 다행이라는 생각을 하면서 그 집 대문을 나선다.

(2006. 창작수필 가을호)

나르시시스트가 되려는 까닭

　손잡이가 달린 얼굴 크기의 손거울을 들여다보고 있다. 늦은 아침에 일어나 세수를 하고 로션을 바르면서 손에 든 거울을 오늘은 무심치 않아서 쉬 놓지 못한다.

　넓은 창 앞에서 본, 조명이나 화장의 도움을 전혀 받지 못한 내 얼굴은 불쌍하다. '그 여자의 늙고 통통한 얼굴 가운데에는 앵무새 주둥이 같은 코가 솟아있다.' 발자크는 『고리오 영감』에서 하숙집 주인 여자의 얼굴을 그렇게 묘사했다. 어찌 대작가의 묘사를 흉내라도 내랴만 지금 내가 보고 있는 거울 속의 너무나도 낯이 익으나 동시에 낯설기 짝이 없는 이 얼굴을 그려내고 싶다.

　거울 속 얼굴은 흔히 말하는 계란형인데 중년의 나이에 걸맞게 통통한 편이다. 이마 오른쪽 위에 언제 생겼는지도 모르는 바늘땀 모양의 붉은 점이 한 개 있다. 이마에는 또 염색할 때마다 눈을 치떠서 잡힌 듯한 자잘한 실주름도 몇 개 보인다. 그나마 가장 돋보이던 두 눈은 꼬리가 쳐지기 시작했고 그 아래로 생긴 잔주름은 이미 숨길 수 없게 되었다. 약간 나온 입의 양 옆에 진 팔자 주름은 그 경계를 점점 확연히 드러내고 있다. 피부는 어떤가. 한 마디로 가을철 누르죽죽하게 물들기 시작하는 플라타너스의 구지레한 잎사귀 같다.

십여 년 전에 「지우고 싶은 점 하나」와 「마흔의 봄」이란 수필을 썼다. 앞의 글에서 나는 왼쪽 뺨에 보이는 엷은 갈색의 잡티를 지우고 싶은 점이라 하였다. 하지만 그보다는 마음속에 있는 수많은 점들을 지워야한다고 수필다운(?) 결말로 끌고 갔다. 「마흔의 봄」에는 오스카 와일드의 『도리언 그레이의 초상』이 짧게 언급되어있다. 그러면서 '두려운 것은 늙는 것이 아니라 사악해지는 것'이라고 적었다. 그다지 정직한 말들은 아닌 성싶다. 위선으로 자신을 덧칠하거나 사악해지는 것도 무섭지만, 늙는다는 사실 역시 그 못지않게 싫고 두려운 일일 수밖에 없다고 해야 솔직하겠다. 삼십 대 후반, 마흔 접어들면서 쓴 글들이다. 지금 생각하면 빛나던 나이였다.

얼굴은 내게 지대한 관심사가 아니었던가 싶다. 손거울 속의 얼굴을 인정하고 싶지 않다. 도대체 이리된 까닭이 무엇인가. 뙤약볕 아래서 땀 흘리며 일하지도 않았고 도회지의 먼지와 칼바람 속에서 먹을거리를 장만하지도 않았으니 몸으로 살아낸 얼굴이라고 당당하게 말할 수도 없다. 얼굴이 가련하다. 그래서 슬프다. 한때는 무구했고 그 후로도 오랫

동안 마음의 창으로 맑게 열려있던 두 눈은 이제 그 초롱초롱한 빛을 잃었다. 검은 눈동자는 모르겠으되 흰자위는 더 이상 희다고 고집하기 민망하다. 게다가 한두 개 실핏줄이 보이며 뭔가가 뭉친 좁쌀크기의 돌기도 생겼다. 눈을 오래 들여다본 끝에 얼굴이 불쌍한 까닭을 알아내었다. 탄력 잃은 피부도 산재한 잡티도 부인할 수 없는 주름도 슬픔은 아닌 것이다. 바로 두 눈이다. 눈이 잃은 무구함이나 흰자위의 혼탁을 이야기하는 것이 아니다.

나의 모든 것을 읽은 그것은 그야말로 두 눈을 등잔같이 뜨고 나를 바라보고 있었다. 얼굴에는 아프고 부끄러운 기억들이 담겨있다. 시간은 바람처럼 지나가버린 것이 아니라 기억이란 먼지들로 퇴적되어 있다. 얼굴은 그것을 낱낱이 드러내고 혹은 감추고 있는 것이다. 아프고 슬프고 부끄러웠던 시간들이 상흔으로, 티끌로 남아있는 얼굴은 두 눈을 피할 수도 어디로 숨어버릴 수도 없다. 어찌 불쌍하지 않으랴.

손거울 속에 있는 도저히 아름답다고 말할 수 없는 얼굴을 나로서는 어떻게 해볼 도리가 없다. 오직 연민을 가질 뿐이다. 오류나 회한이 아무리 많다한들 지난 시간들이 마냥 헛되기만 하였으랴. 때로는 환희에 떨었고 드물게는 밀도 높게 살았다고 뿌듯해 하지 않았던가. 또한 겨운 등짐을 지고 삶의 굽이굽이를 고뇌하면서 넘어오지 않았던가. 오류는 오류대로 삶의 노역은 또 그대로 부정할 수 없는 것이기에 스스로를 다독인다.

플라타너스 잎은 누르죽죽한 날들을 보내고 짙은 갈색의 얼룩을 만들었다가 마침내 낙엽이 되리라. 그 시간도 더없이 소중하리니 덧없다 여기지도 마다하지도 않으리라.

하여 어리석은 나는 자기 연민을 넘어 기꺼이 나르시시스트가 되려한다.

(2005. 창작수필 가을호)

헤르만 헤세 선생님께

　문화예술회관 계단을 뛰어오르면서 제 가슴은 마구 뛰었습니다. '헤르만 헤세, 대구 특별전' 이 열리고 있다는 소식을 뒤늦게 들었습니다. 그러니까 이 지역에서 선생님에 관한 모든 자료를 전시한다는 것입니다. 저는 갈래머리 소녀가 되어 한스와 싱클레어를, 싯다르타를 만나기 위해 집을 나섰습니다.

　제 눈에 가장 먼저 들어온 것은 실물크기의 흑백사진으로서 계신 선생님의 만년의 모습이었습니다. 순간 눈물이 그렁하게 고였습니다. 둥근 안경테 너머 깊이 모를 눈빛, 주름진 얼굴에서 형언할 수 없는 느낌을 받았습니다. 그것은 숭고한 인간에 대한 떨리는 외경이었습니다. 저는 천천히 그리고 조용하게 소년, 작가, 평화주의자, 화가, 자연주의자, 노년, 말년의 헤세 선생님을 차례로 만나고 뵈었습니다.

　고등학교 때『데미안』을 처음 읽었습니다. 지금 생각하면 그때 무엇을 이해했을까 싶습니다만 '새' '알' '세계' '신' '아프락사스'에 대한 상념에 젖곤 했습니다. 『페터 카멘친트』『수레바퀴 아래서』『지와 사랑』『싯다르타』, 소설 속의 인물들은 더할 나위 없이 매력적이었습니다. 막연한 그리움에 젖고 아름다운 사랑을 꿈꾸던 소녀에게 선생님의 주인공들은 보이지 않는 연인 같은 존재로 자리했습니다.

청소년기의 꿈과 현실, 회의와 반항, 일탈의 유혹과 방황을 그들과 함께 겪고 이겨내고 아파했습니다. 특히 『싯다르타』는 한동안 저를 뒤흔들었습니다. 갈증으로부터, 욕망으로부터, 꿈으로부터, 기쁨과 슬픔으로부터 벗어나기 위해서 사문의 길로 들어서는 아름다운 청년 싯다르타는 제게 순결한 삶에 대한 동경을 갖게 했습니다. 또한 그 길에서 무한히 괴로워하고 무한히 참아내며 마침내 죄인 속에서 사람들 속에서 부처를 발견하는 싯다르타를 보면서 저는 진리에 대한 열망을 갖게 되었습니다.

선생님의 주인공들과 도서관에서 만나고 헤어지는 게 싫었습니다. 하지만 갖고 싶은 책을 살 수 있는 그런 시절이 아니었습니다. 몇 년이 더 지나 대학에 다닐 때 용돈을 아껴서 다섯 권으로 된 전집을 7천원(그게 지금의 얼마쯤인지 짐작이 되지 않습니다)에 사서 제 방에 들여놓았습니다. 1973년의 일입니다. 비로소 저는 선생님의 분신인 한스와 싱클레어와 카멘친트… 그들을 제 곁에 불러 모았던 것입니다.

지금의 시력으로는 읽을 수 없는 깨알 같은 글씨가 세로로 빽빽하게 박힌 그 책들은 종이가 바래어 붉게 변한 채 여전히 제 서가에 자리하고 있습니다. 마지막 권에 게재된 연보는 1961년(84세) '계단' 간행으로 끝이었습니다. 선생님이 영면하신 1962년, 저는 아홉 살이었습니다. 그렇듯 선생님과 저는 이 지상에서 연이 닿지 않았습니다. 동시대였다 하더라도 동양과 서양의 거리며, 그 동서양이라는 거리보다 더 크게 벌어진 사람의 크기 차이로 역시 연이 닿지 않았을 것입니다.

그러니 제가 오래된 작품집들을 실물로 보고 선생님께서 그린 작은 마을, 호수, 산, 구름들의 고요한, 잠자는 듯한 수채화들을 대하는 마음이 어떠했을지 짐작하실 것입니다. 선생님이 소설 속에 등장시킨 자전적 인물들 때문에 소년 헤세, 젊은 작가 헤세가 더 반가울 줄 알았습니다. 뜻밖에도 그게 아니었습니다. 만년의 선생님 모습을 담은 사진들, 해설들 앞에서 저는 오래 서 있었습니다. 이제 더 이상 소녀도 젊은 여인도 아니기에, 자연에 은거하기 시작할 무렵의 선생님 표정에서 참으로 많은 의미를 읽어낼 수 있었기 때문이 아닐는지요.

마른 체구에 헐렁한 양복을 입고 모자를 쓴 채 나무 곁에 앉아서 그림을 그리는 모습, 정원에서 토마토를 돌볼 때의 표정은 참으로 고요하고 평화로웠습니다. 끝없이 탐구하고 한없이 고뇌하던 젊은 날들이 있었기에 그리될 수 있지 않았겠습니까. 무엇보다 창밖을 바라보는 노년의 모습은 울림이 컸습니다. 여생을 조용히 보내고 계셨을 그때 선생님의 시선에 잡힌 것은 무엇이었을까. 사랑과 이별, 방랑, 회의, 그리움, 슬픔, 밝고 어두운 세계, 자연과 정신을 그리며 일생을 보낸 대작가는 창밖을 내다보며 무슨 생각을 하셨을까. 이 지상에서의 삶을 끝내는 날 이르게 될 천상을 바라보며 「유리알 유희」의 저 유명한 글귀 '오래도록 무거운 짐을 진 자, 그 짐을 부리도록 허락을 내린다. 그것은 감미롭고 근사한 일이다.'를 되뇌고 계셨을까. 그런 생각들을 했습니다.

아주 오래 전부터 그리워하던 소년을, 인간에게 정신이 무엇인가를 가르쳐 주신 고귀한 스승을 만나고, 뵌 기쁨을 가슴에 안은 채 오후의 햇살에 물든 문화예술회관 계단을 천천히 내려왔습니다.

(2005. 계간수필 여름호)

3부

국화꽃 피다

수평선 너머의 세계, 두 개의 바위섬, 그리고 늙은 낚시꾼,
가까워질수록 내가 살아있다는 느낌은 오히려 눈물겹다.
깃털처럼 가벼워지지 않으면 어떠리.
살아있어서 달게 숨 쉬고 긍휼히 여기는 마음으로 사랑할 수만 있다면.

눈물 1

그 여자는 가출을 하였다. 여섯 살, 네 살, 그리고 돌배기를 남겨둔 채 비산동 어느 허름한 집을 보퉁이 하나 안고 몰래 나왔다. 푸르스름한 새벽녘이었다. 세상이 아직 곤한 잠에서 깨어나지 않은 시각에 그 여자는 길모퉁이에서 한 번, 그 모퉁이를 돌아서 다시 한 번, 아이들이 있는 집을 돌아보았다.

매질에 멍든 몸의 통증도 배고픔보다는 덜 고통스런 것이었다. 그 여자, 어찌어찌 연이 닿아 우리 집에 오게 되었다. 재바르고 상냥하고 손끝이 야문 그 여자는 일하는 나를 위해 살림을 대신 해 주었다. 제 아이 두고 온 어미가 남의 아이를 키우는 마음이 어떠했을까. 그 여자보다 더 젊은 나는 알지 못했다.

술주정에 의처증에 시달렸다는 그 여자의 푸념에 그래도 아이를 두고 오는 것은 아니지. 아이 거둘 능력이 없다싶어 이해를 하다가도 그렇더라도 아이를 두고 나오는 것은 아니지. 그렇게 경멸하는 마음이 없지 않았다.

그 여자, 4년 만에 아이들을 찾았다. 세 아이 맡아 키우던 아이들 할머니의 묵인 아래 우리 집에서 이따금 만나는 시간을 가졌다. 머릿니 때문에 우리를 잔뜩 긴장시키던 다섯 살짜리 영주는 주뼛주뼛 들어와서 이내 헤헤거리는 밝은 아이였다. 요즘 세상에 머릿니 슬게 했다고 짜증을 내는 그 여자에게 키워주는 게 어디냐고 내가 쏘아 붙였다. 그 짜증이 실은 자신을 쥐어뜯는 절규라는 걸 가슴이 얕은 나는 짐작하지 못했다.

그 여자, 세 아이를 다시 버렸다. 그 동안 모은 돈으로 자립한다고 우리 집을 떠난 다음이었는데 생각처럼 풀리지 않아서 아이들에게 알리지 않고 거처를 옮겨버렸다. 내 생일을 챙겨준다고 찾아온 그 여자에게 아이들 소식 물었더니 하는 대답이 그것이었다. 그 여자의 삶은 남루하고 또한 비루했다.

그 여자가 몇 년 만인지 기억도 나지 않을 만큼 세월이 흐른 후에 전화를 했다. 대학병원산부인과 병동으로 나와 달라고, 꼭 나와 달라고 무슨 일인가 물으니 무조건 나오라 하였다. 그 나이에 산부인과에는 무슨, 그렇게 속말을 하면서 그 여자를 만나러 갔다.

비바람 모질게 스쳐간 흔적이 완연한 얼굴에 푸스스한 머리를 하고 빙긋이 웃으며 그 여자는 나를 신생아실로 끌고 갔다. 간호사가 안고 다가와 보여주는 아직 눈도 뜨지 않은 아기를 보면서 그 여자에게 나는 눈짓으로 물었다.

"영주가 아기 낳았어."

누구보다도 먼저 나에게 보여주고 싶었다고 하였다. 그때 내 생일 날, 아이들과 연락 끊었다는 말에 싸늘해지던 내 표정을 잊을 수 없었노라고 하였다. 그 후 그 여자가 맞은 숱한 날들의 비바람을 더 얘기해서 무엇하리.

그 여자는 이제 어엿한 직장인이 된 맏아들과 뒤늦은 공부에 열중인 큰딸, 아기엄마가 된 막내 영주, 이렇게 세 자식의 어머니로 돌아와 있었다.

"지를 못 키운 죄 요거 키워주면 씻을라나."

아기를 들여다보며 행복하게 웃는 그 여자의 야윈 뺨에 언뜻 물기가 비쳤다.

(2005. 펜문학 여름호)

눈물 2

"내 품에 안겨 편안히 갔소. 그만하면 됐지 뭐."

여든세 살의 할머니를 보낸 여든 살 할아버지의 말씀이다. 웃음을 띠며 하는 말씀이지만 주름살 가득한 얼굴은 견줄 데 없이 쓸쓸해 보인다. 할머니 살아생전 애태운 죄 갈피갈피 들춰보며 회한에 젖어있을 할아버지. 그 연세이니 남 보기에는 백년해로한 것이 분명하지만 다 늙어서 다시 만난 조강지처를 사별한 마음이 오죽하겠는가.

늙고 돈 떨어지니 집구석에 찾아들었다고 몇날며칠을 박대하던 할머니, 그가 누구신가. 그야말로 굽이굽이 한이 서린 삶을 인고해 낸 이 땅의 조강지처가 아니던가. 곧 따스한 밥 지어올리고 한복 정갈하게 손질하여 입히며 늦은 살림을 시작하였다.

지금은 연로하여 구부정하지만 훤칠한 키에, 주름졌어도 그 인물 어디 가지 않았다. 할아버지를 보면 젊어 한때 어떠했을지 짐작하고도 남는다. 작은 키에 마른 몸매인 할머니도 밉지 않은 자태였다. 언제나 반들반들 윤이 나게 빗은 머리에 쪽을 쪄 비녀를 지르고 치마저고리 깨끗하게 차려입으셨다. 허리춤에 끈을 매어 치맛자락이 끌리지 않게 마무리하는 것도 잊지 않았다. 우아하다거나 단아하다기보다 깔끔하였다. 두 분은 늘 한복을 입으셨다. 손이 많이 간다고 주위에서 말려도 할머니는 고집을 버리지 않으셨다. 젊어서는 사시절 때맞춰 지어 입히지 못했다. 그마저도 한이 되었을 터이다.

노부부는 언제나 그런 모습으로 내게 오셨다. 많이 쇠약해진 할머니를 의자에 앉히고 곁에 앉아서 갈퀴처럼 엉성한 손으로 할아버지는 흐트러지지도 않은 할머니의 머리를 자꾸 쓰다듬었다.

"할아버지, 할머니가 그렇게 예쁘세요?"

그 물음에 할머니의 대답이 먼저 돌아왔다. 어지간히 애를 먹였어야지. 형님, 하면서 나한테 절하고 간 계집이 너덧은 되었지 아마. 모르고 지낸 거는 또 몇이나 될꼬? 할아버지는 싱겁게 히죽 웃으셨다. 임자는 집지킴이 아이가. 말하자면 큰 나무지. 나머지는 다 잔챙이인기라. 그게 변명이 될까 싶지만 할머니는 눈 한 번 하얗게 뜨는 것으로 그 뿐이다. 그렇게 한참이나 앉아 계시다가 가곤 하였다. 노부부가 느린 걸음으로 플라타너스 나무를 지나서 모퉁이로 사라질 때까지 나는 눈을 떼지 못하고 내다보았다.

두 어르신의 삶을 쉽게 납득할 수는 없다. 나는 30년 아래

세대이다. 요즘 젊은이들은 물론이거니와 우리 세대만 해도 남성의 그런 태도를 포용하지도 않고 무조건 인고를 강요당하지도 않는다. 할머니, 왜 참고 사셨어요? 여쭈었던 적이 있었다. 다른 재주가 있어야지. 그러러니 했다는 것이었다. 다시 만나 산 세월도 짧지 않았으니 그것으로 되었다고 하였다.

그것으로 되었다. 그 말씀에 심정적으로 공감하였다. 나라면 도저히 할머니처럼 살 수는 없었을 터이다. 또한 끝이 좋으면 다 좋은 것이란 허울뿐인 말에 동의할 수도 없었겠다. 하지만 십수 년을 함께한 두 분의 만년, 그 늦은 행복을 부정할 수 없다는 생각이다. 두 분이 손을 잡고 천천히 걸어가시는 뒷모습을 보면 그래도 다행이지, 뒤늦게 찾아왔어도 그 때문에 할머니의 삶이 영 덧없는 것은 아니었지, 싶었다.

할머니의 손길이 떠난 할아버지의 앞섶에 국물자국이 보인다. 감기약 봉투를 한 손에 쥐고 혼자 휘적휘적 걸어가신다. 할아버지의 처진 눈꺼풀 밑으로 그렁그렁 맺히던 눈물이 내게로 번져온다.

"내 품에 안겨 편안히 갔소, 그만하면 됐지 뭐."

(2005. 월간문학 12월호)

눈물 3

당신 말씀만 하신다. 내가 간간이 대답을 해도 영 듣지 않고 할머니는 주저리주저리 이야기를 엮으신다. 나를 향해 있는 할머니의 눈길도 사실 나를 보고 있는 것 같지가 않다. 어쩌면 세월을 바라보고 있는 듯 할머니의 눈에는 초점이 없다.

하늘이 맑고 높게 열린 이 아침에 이제 닫힐 때가 가까워진 당신의 한생을 할머니는 마음먹고 풀어내신다. 할머니 앞에 지금 내가 앉아있지 않아도 그만이다. 이야기는 처음부터 나를 향해 건네지는 게 아닌 성싶다. 그래요, 할머니. 정말 그래요. 맞장구를 치며 정을 담은 눈길을 보냈지만 눈도 어둡고 귀도 잘 들리지 않는다. 워낙 연로하시다. 구술을 착실히 받아 적는 사람처럼 경청할 수밖에 없다.

"스물에 혼자되어 지를 보고 살았는데, 에미 팔자 닮아서 지도 혼자된 기라."

아흔의 어머니가 일흔의 딸을 근심하고 있다. 그 딸이 많이 아파서 병원에 누워있단다. 혹이 어쩌고 하는 말씀을 미루어 짐작해보니 아무래도 대장암인 것 같다. 더는 알 수 없지만 초기라면 수술로 완치될 수도 있을 터이다. 이제는 암도 잘 고쳐요. 따님은 안 죽어요. 곧 나아요. 답답해서 큰소리로 말씀드렸지만 아무 효과가 없다. 비집고 들어갈 틈이 없다.

스물에 혼자된 여인, 그 시절이 어떠했던가. 서방 잡아먹은 계집, 게다가 '씨'도 안 되는 딸을 낳았으니. 친정살이 식모살이 전전하면서 고이 키운 딸을 시집보냈더니 농사일에 손발 부르트도록 일만 하더란다. 허우대만 멀쩡한 사위는 술주정뱅이로 '천날만날' 길바닥을 쓸더니 일찍 죽어버렸단다. 그래도 두 아들 훌륭히 키웠다고 딸 자랑을 한참 하신다. 손자가 있네요. 따님 걱정 손자한테 맡기세요. 할머니 사실 걱정이나 하세요. 또 소용없는 말참견을 하고야 만다.

변비 때문에 오셨다가 시작된 할머니의 서사는 대하소설처럼 유장하다. 더러 다른 환자가 와서 내가 일을 하면 멀거니 입맛 다시며 앉아계신다. 입성은 할머니의 일생처럼 남루하고 하얗게 센 머리칼은 솜털 다 빠져버린 억새처럼 성글다. 심한 체머리와 어둔한 발음 그리고 바스러질 듯 마른 체구로 할머니는 아흔의 생을 견디며 더하여 일흔의 삶을 챙겨주려 하신다.

이제 할머니가 근심거리를 놓아버리시면 좋겠다. 수태를 하면서 시작된 모성본능은 아흔이 되어도 사윌 줄 모른다.

참으로 '장'하다. 할머니, 약 가지고 가세요. 또 한 번 큰 소리로 말하며 할머니의 때 묻은 손가방을 열고 약을 넣어드리니, 이기 뭐꼬? 하신다. 뭣 때문에 왔는지 까맣게 잊으신 게다.

할머니의 눈에 그렁하게 눈물이 맺혀있다. '아직 눈물이 남으셨어요?' 나는 속말을 한다. 머리가 흔들릴 때마다 꼬챙이처럼 마른 손가락들도 가늘게 떤다. 엄마, 어미, 어머니, 스무 살에서 아흔까지 할머니의 행복한 이름이었다. 또한 내 할머니 내 어머니의 것이었고 내 것이기도 한 아름답고 질기며 장엄하고 비장한 이름이다.

일어서는 할머니를 도와드리려 팔을 잡으니 하도 가늘어서 가슴이 아리다.

(2006. 에세이스트 1·2월호 특집)

바다에서 9
– 아버지와 아들

　젖은 바위에 앉아있다. 하염없이 앉아있다. 그토록 보고 싶었던 해넘이다. 그 시각에 거기에 있고 싶었던 오랜 바람이 이루어졌다. 이제 남은 빛마저 사위어 간다. 무슨 소중한 것을, 꿈꾸어 오던 어떤 세계를 놓쳐버린 듯 나는 바위와 함께 젖어 있다. 어둠이 시원도 알 수 없는 아득한 곳에서 조심스레 내려앉고 또 내려오고 있다. 그 어둠을 가르며 작은 배 한 척 바삐 귀항하고 있다.

　멀리 달려온 나에게 해는 깊은 인상을 주고 싶었나보다. 때마침 수평선 위에 구름 띠가 두텁게 둘러쳐져서 해는 얼굴을 내밀었다가 숨기를 거듭했다. 마침내 아름다이 해는 지고 복숭앗빛으로 물든 구름의 무리가 동에서 서로 천천히 흘렀다. 앞에는 낮은 바다 뒤에는 퇴적된 암석의 해식애, 그 풍경 속에서 저무는 해를 바라보며 영겁의 시간을 생각하고 있었다. 나 또한 풍화를 거듭한 끝에 하나의 티끌이 되어 여기에 퇴적되었으면 하였다. 그리하여 파도에 씻기고 깎이며 영원에 닿고 싶었다.

어둠과 함께 바닷가의 물기도 어깨로 마음으로 내려와서 오한이 든다. 일어서서 발을 떼는데 몇 발짝 앞에 두 사람이 보인다. 키가 후리후리하게 큰 남자 그리고 대여섯 살쯤으로 보이는 남자 아이다. 그들은 뭐라고 얘기를 나누고 있다. 굵고 낮은 젊은 음성, 빠르고 높은 어린 목소리, 내용을 알아들을 수는 없지만 그 조화가 음악이다. 그들은 둘 다 아래위로 흰옷을 입었다. 밤바다의 먹빛과 대비되어서 신비한 흰빛으로 보인다.

발밑에서 부서지는 파도소리만 들릴 뿐인 이 검은 바닷가에서 그들은 무슨 말을 하고 있을까. 젊은 아버지가 어린 아들에게 해 주고 싶은 이야기는 무엇일까. 열려있는 바다 그 너머에 있을 미지의 세계를 이야기하고 그토록 커다란 세상을 향해 큰 꿈을 가지라고 이야기하겠지. 지금은 이렇게 캄캄하지만 내일이면 밝은 해가 떠올라서 바닷물은 금빛으로 반짝이고 배들은 먼 바다로 힘차게 나아간다고 말할 테지. 밤이 가면 아침이 오듯이 세상살이에도 신산함과 환희가 거듭되는 것이라고 스스로에게 또 아들에게 낮은 음성으로 이야기 하겠지. 다 알아듣지 못하는 아이는 하품을 한다. 아버지가 무릎을 꿇고 아들을 안는다. 그들은 이제 한 개의 하얀 점이 된다. 그 순간 아버지가 말하지 않았을까.

"그러니까, 너는 씩씩하게 자라기만 하면 되는 거야."

넓은 가슴에 머리를 기댄 채 잠이 드는 아들을 안고 키가 큰 아버지가 걸어간다. 불이 켜진 저 숙소의 어느 방에서 단 잠에 들 그들을 생각하며 다시 걸음을 뗀다.

늦은 아침이다. 온갖 상념에 붙잡혀 뒤척이다가 희붐해질 때야 겨우 잠이 들었기 때문이다. 아침 바다를 만나야지. 해안의 공기는 무척 습윤하다. 살갗에 이슬처럼 와 닿는 공기의 감촉은 그러나 싫지 않다. 어렵게 가진 시간이니 모든 게 다 귀하다.

바다는 힘차게 하루를 열었다. 파도도 멀리 떠가는 배도 역동적이다. 물기로 번들번들해진 갯바위들을 조심스럽게 디디며 층층의 암석이 만들어 낸 기묘한 단면을 살핀다. 이태백이 배타고 술 마시다가 강물에 비친 달에 반해서 빠져 죽었다는, 중국의 '채석강'과 비슷하다하여 이곳을 같은 이름으로 부른다. 켜켜로 쌓인 엷은 암석들의 모양이 책을 포개어 놓은 형상이라고 한다. 그리고 보니 꼭 그렇다. 어떤 부분은 낡아서 너덜너덜해진 헌 종이를 쟁여 둔 꼴 그대로이다. 이 암석의 켜들이 다 책이라면 여기에 담긴 인간의 정신 또한 무한이라 해도 좋을 터이다. 무량수의 책들을 보며 숙연해진다. 발밑 바위에는 작은 조가비들이 들러붙어 화석마냥 무더기무더기 꽃무늬를 이루고 있다.

넙적한 바위 사이의 얕은 물에 손톱만한 게들이 놀고 있다. 고둥을 뒤집어쓰고 기어 다니는 놈도 있다. 저쪽 바위에서 아이가 게들의 노는 양을 보는 듯 즐거운 소리를 지른다. 아버지는 그 모습을 필름에 담겠다고 이렇게 또 저렇게 자세를 바꾸고 있다. 흰옷도 아니고 얼굴도 보지 못했지만 어젯밤의 그 부자라는 생각이 든다. 아이의 엄마는 왜 보이지 않을까. 밤에는 대개의 풍경들이 지워져서 대상을 실루엣으로 인식하게 된다. 따라서 사유도 관념적이고 추상적이 되는 모양이다. 하지만 아침에는 모든 것이 확연하게 보이기 때문에 좀 더 현실적이 된다. 공연한 근심이리라. 아버지는 아들과 특별한 시간을 가지고 싶었을 것이다.

이순원의 「아들과 함께 걷는 길」이란 자전적 소설이 생각난다. 아버지가 아들과 함께 대관령 고갯길을 걸으며 나누는 대화를 통해 할아버지 아버지 아들로 이어지는 끈끈한 사랑, 가족의 의미를 일깨워주는 소설이다. 그 아들에 비해서 오늘의 이아들은 어리다. 그래서 그만한 이야깃거리는 되지 못하겠지만 아버지와 아들 사이에 흐르는 정은 조금도 덜하지 않을 성싶다.

물이 들어온다. 더는 안 되겠다 싶어 발을 닦고 운동화를 신는다. 해안의 돌계단까지 비켜서서 돌아보니 채석강 앞바다는 어느새 나와 그 부자 그리고 몇몇 사람들이 놀던 바위를 덮은 채 넘실대고 있다. 젊은 아버지와 어린 아들이 보여주었던 몇 점의 어여쁜 그림을 가슴에 보듬고 이 바다를 떠나야겠다. 그토록 와보고 싶었지만 두고 가야한다. 두고 떠나야 하는 것, 이미 익숙해져버린 세상 이치가 아니던가. 그

렇다할지라도 서운함조차 없을까. 단애 밑에서 주운 몇 조각
의 납작한 돌로 마음을 달랜다.

(2004. 창작수필 가을호)

바다에서 10
― 낚시꾼

바닷바람이 차다. 멀리 수평선에 오래 머물렀던 시선을 근경으로 잡아당기니 거기에 몇 개의 크고 작은 바위섬들이 무심한 듯 떠있다. 왼쪽 오른쪽에 대칭으로 자리 잡은 제법 큰 바위섬이 눈길을 끈다. 아득히 멀어 보이는 수평선보다는 훨씬 현실감이 있다.

코트 주머니에서 조그만 망원렌즈를 꺼내 바위섬을 잡아본다. 바위더미가 갑자기 눈앞으로 확 달려든다. 높고 낮은, 크고 작은 바위들이 겹쳐져 이루어진 작은 섬이다. 거기 대여섯 명의 남자들이 낚싯줄을 드리우고 있다. 그림으로만 보면 무척 낭만적이지만 아무래도 광기로 느껴진다. 아름다운 광기다. 미치지 않고서야 어찌 겨울바다의 찬바람을 저리 견딜 수 있으랴.

렌즈를 오른쪽 좀 작은 바위섬으로 옮긴다. 거기에는 갈매기 몇 마리가 서로 간격을 두고 앉아있다. 명상에 잠겨있는 걸까. 움직임이 거의 없다. 한쪽엔 사람들 다른 바위엔 갈매기들이 나뉘어져 그들만의 공간과 시간을 누리고 있다. 낚시꾼들과 갈매기들을 번갈아 바라보는 즐거움을 그가 가져간다. 망원렌즈를 빌려서 나처럼 그도 먼 바다를 가깝게 가져오고 싶었으리라.

렌즈를 건네주고 다시 바닷가를 둘러보는데 저쪽 방파제에서 혼자 낚시하는 사람이 보인다. 망설이다가 방파제 쪽으로 발걸음을 뗀다. 낚시꾼은 뜻밖에 할아버지이다. 낡은 파커와 누비바지 차림으로 몹시 남루해 보인다. 어르신, 많이 잡으셨어요? 뭘요, 오늘은 영 안 잡히는구마. 옆에 놓인 플라스틱 양동이를 들여다보니 작은 물고기 예닐곱 마리가 얕은 물속에서 파닥거리고 있다. 윤기 도는 갈색빛깔의 몸길이가 10여 센티미터쯤 되는가 싶은 고기다. 이 고기 이름이 뭐예요? 놀래미라 카는구마. 이거 매운탕 끓여 잡수세요? 대답이 없다.

허공에 눈길을 던진 채 구부정하게 서 있는 할아버지의 얼굴을 슬쩍 훔쳐본다. 구릿빛 피부, 이마와 뺨에는 굵은 주름이 패어있다. 깊은 고뇌는 아니어도 세월의 질곡이 훑어간 흔적은 완연하다.

"마누라 고아 먹이는 기구만요."

바람이 몇 줄기는 지나갔음직한 시간이 흐른 후에 무겁게 나온 대답이다. 이 어촌에 온 지 십년도 넘었다고 한다. 이곳은 아내의 고향이고 중풍에다 당뇨병을 심하게 앓는 아내가 여기에서 살기를 원했다. 충청도의 가난한 농부는 아내를 위해서 남은 날들 살기로 작정하고 동해의 바닷가에 주저앉았다. 날마다 방파제에 나와서 아내에게 먹일 고기를 낚으며 세월을 보내고 있다. 없는 형편에 이만한 보신거리도 없다. 이제는 고기 우려낸 물도 숟가락으로 먹여줘야 겨우 몇 모금 넘긴다고 한다.

"마누라 갈 날만 기다리요. 마누라 가면 저 바우 가에 뿌리 주고 나도 갈라요."

할아버지는 조금 전에 내가 바라보았던, 갈매기 몇 마리가 한가롭게 앉아있던 오른쪽의 작은 바위섬을 가리킨다.

여기 모래톱에 서서 저 수평선을 바라보지 않으면 바다는 없다. 그것은 추상명사로 혹은 관념으로 존재할 뿐이다. 고속도로를 달리고 수묵화로 펼쳐진 빈 들판을 지나서 마침내 해안에 이르렀을 때 비로소 바다는 실체로 와 닿았다.

먼 바다는 몽환적이다. 수평선 저 너머에도 이상향은 존재하지 않음을 익히 알고 있으면서도 먼 바다는 언제나 현실감이 없다. 현실이 아닌 어떤 상태에 놓이고 싶었다. 그래서 달려온다. 잊기 위해서 잊히기 위해서. 다 부려놓고 깃털처럼 가볍게 돌아가고 싶어서.

오늘은 아니다. 먼 바다를 바라보기보다 바로 눈앞에서 출렁이는 바다를 만나고 간다. 등허리가 구부정한 낚시꾼의 마음을 읽고 간다. 어느 나지막한 집에 누워있을 그의 병든 아내의 손을 잡아준 느낌이 되어 돌아간다.

수평선 너머의 세계, 두 개의 바위섬, 그리고 늙은 낚시꾼,
가까워질수록 내가 살아있다는 느낌은 오히려 눈물겹다. 깃
털처럼 가벼워지지 않으면 어떠리. 살아있어서 달게 숨 쉬고
긍휼히 여기는 마음으로 사랑할 수만 있다면.

(2005. 수필문학 3월호)

길 3

흐린 날 정오쯤에 길을 나선다. 청도 방향이다. 차창으로 내다보는 산이나 들은 온통 신록천지이다. 복숭아, 대추, 자두, 포도, 감나무 과수원들을 끼고 가다가 자동차에서 내려 걸어본다. 뺨에 와 닿는 바람이 보드랍다. 대지에 핏줄처럼 잎맥처럼 이리저리 난 길들은 그때마다 다른 것을 보여주고 새로운 정감을 갖게 한다.

경산 지나는 어느 길목이다. 도로가에 밀밭이 있다. 밀밭을 가까이서 보는 것이 얼마만인지 기억도 나지 않는다. 다섯 살 아이 키만큼 자란 밀들이 바람에 일렁인다. 훈훈하고 푸근하다. 밭둑에 쪼그리고 앉는다. 그러다가 하얗게 부풀어서 금방이라도 바람에 흩어져버릴 것 같은 민들레의 동그란 홀씨봉오리를 본다. 밀밭, 민들레 홀씨, 그리고 토끼풀꽃, 도심을 벗어나 만난 자연의 은혜다. 바람 한 줄기 풀꽃 하나 놓치고 싶지가 않다. 나는 또 주체할 수 없이 풀꽃을 탐닉하여 좀처럼 발걸음을 떼지 못한다.

고속도로보다 국도가 좋고 국도보다 지방도로가 좋으며 지방도로보다 골목길이 더 좋다. 보이는 풍경, 잡히는 정경이 더 섬세해서이다. 음식점을 찾다가 커다란 나무 두 그루가 마을 들머리에 서있는 곳에 자동차를 세운다. 아름드리나무를 고개 젖히고 올려다보니 우거진 나뭇잎 사이로 하늘이 조각조각 보인다. 나무둥치 아래 세워놓은 빗돌에서 닳고 닳아 희미해진 글자를 겨우 읽는다. 팽나무인데 당산나무이며 보호수로 지정되어 있다. 140년 수령이다.

나무는 거목이 되어도 고목이 되어도 저리 푸르게 살아가는데 인간은 짧은 한살이도 반쯤은 근근이 사는 것이구나. 문득 '나무의 삶이 인간의 삶보다 윗길에 있다.'란 J선생의 문장이 생각난다. 과연 그런 것이구나. 나무의 삶이 인간의 그것보다 숭고한 것이구나. 나무밑동에 둘레로 앉혀놓은 돌 위에 앉아서 동네로 들어가는 골목길을 바라본다. 길은 조금 뻗어가다가 오른쪽으로 굽어지며 보이지 않는다.

고샅길 양쪽으로 낡은 집들이 이어져있다. 거무죽죽한 슬레이트 지붕을 조악한 블록담장이 에워싸고 있다. 띄엄띄엄 서있는 전봇대들과 거기서 나온 전깃줄들이 다소 흉물스럽게 느껴진다. 골목 저쪽에서 누런 개 한 마리가 어슬렁어슬렁 걸어오고 있다. 겁이 난다. 긴장의 도를 높이고 있는데 돌아서더니 길 끝으로 사라진다. 어쩌 좀 섭섭하다. 누렁이(?)가 사라진 그 너머를 가보고 싶다는 충동이 생긴다. 골목을 걸어 들어간다. 어찌 이다지도 조용한가. 연기가 나지 않는 함석 굴뚝들조차도 적막해 보인다.

삐이익~ 오래된 나무대문이 열리더니 연로하신 할머니 한 분이 나오신다. 지팡이를 짚고 찌푸린 하늘을 올려다보신다. "비가 온다요?" "비 온다고 했어요, 할머니." "그러믄 안 나가야 될따." 몸을 돌려 문을 밀고 들어가신다. 잔뜩 흐린 날 오후에 어느 조용한 마을에서 아주 오래 사신 할머니를 만났는데 하도 잠깐이어서 참 많이 아쉽다.

대문 안은 어떨까. 작은 꽃밭이 있고, 그 옆에 서있는 수도 꼭지 아래에는 물이 반쯤 담긴 고무함지박에 하늘색 플라스틱 바가지가 떠있겠지. 농기구를 걸어놓고 세워놓은 헛간도 있을 거야. 문을 밀고 들어가서 요기를 부탁드려볼까. 그러면 상추에 된장, 풋고추와 밥 한 그릇을 둥근 알루미늄 밥상에 얹어서 내어 오실까. 아니 연로하시니까 내가 할머니의 부엌에 들어가서 이것저것 찾아내서 할머니께 진지를 차려드리겠다고 말씀드려볼까. 온갖 생각들을 다하다가 발길을 돌린다.

길 끝머리에 와서 멈춘다. 오늘은 가기보다 쉬기를 더 많이 하는 것 같다. 다시 팽나무 아래 앉아서 방금 본 할머니 생각을 한다. 이십 년이나 삼십 년 후엔 나도 그런 모습일 테지. 그 세월동안 얼마나 더 많은 일들을 겪게 될까. 너무 많이 쇠잔해서 애잔하고 또 그만큼 늙어서 편안해보이기도 하는 할머니의 잔상을 떠올리면서 한참을 앉아있다. 비가 올라나? 하고 하늘을 올려다보다 낯선 여자에게 한마디 물어보고 이내 돌아서버린 할머니, 그 단순함과 편안함에 나도 이를 수 있을까.

지난하지 않았다 해도 이만큼 살아오기 팍팍하였다. 할머니의 한 생도 다르지 않았으리. 그 집의 툇마루에 앉아서 할머니의 빈 눈을 들여다 볼 수 있었으면 참말로 좋았겠다. 말씀 한마디 없어도 좋았으리. 인생의 온갖 고락을 인고해 낸 한 여인을 읽어내면서 형언할 수 없는 외경을 느꼈을 테니까. 나무를 올려다본다. 나무의 키는 아득하여 우듬지가 잘 보이지도 않는다. 가지는 시커멓게 튼실하고 잎사귀들은 짙푸르게 우거졌다. 나는 조그맣고 할머니는 더 조그맣다.

비가 내리기 시작한다. 오늘은 예서 돌아가야겠다. 와이퍼가 지워내는 뿌연 창으로 내다보는 세상은 파스텔 톤으로 푸르다. 윗목에 앉아 마당으로 난 창호를 열어놓고 비를 바라보고 계실 할머니를 생각하며 여기서 저기로 이어진 길을 가고 있다.

(2007. 창작수필 가을호)

그 소년

그날, 불국사 자하문 밖 큰 느티나무 아래서 나는 그의 이야기를 듣고 있었다. 만추의 엷은 햇살이 나무의 그림자를 청운교 백운교 쪽으로 길게 드리웠고 사람들의 발걸음도 차츰 줄어드는 시각이었다. 그는 다윗의 돌팔매가 골리앗을 눕혔다고 무슨 무용담인 듯 짐짓 호기를 부리며 이야기하였다.

소년은 황소를 몰고 범모티산으로 갔다. 마을에서 반 마장쯤 떨어진 야산이다. 그 산엔 큰 살쾡이들이 자주 보였는데 사람들은 범이 나오는 곳이라 하여 범모티산이라 불렀다. 산 중턱에는 목초가 곱게 펼쳐져있고 둘레에는 소나무 갈참나무들이 우거져서 소를 풀어놓고 먹이기에 안성맞춤인 곳이다.

저쪽 모퉁이에서 꼴을 뜯고 있는 소를 이따금 힐끔거리면서 소년은 갈참나무 그늘에 비스듬히 누워『군협지』를 읽고 있었다. 여름방학이 반이나 지나갔다. 손도 대지 않은 숙제가 맘에 걸렸지만 아침나절에 나와서 해가 저물기 전에 집에 돌아갈 수는 없다. '저 놈의 소' 또 한 번 힐끗 보고 다시 책에 빠져들었다. 갑자기 누군가가 "소가 달아난다." 고함을 질렀다. 화들짝 일어나보니 소가 저만치 달려가고 있었다. 소년은 밭을 가로질러 죽도록 뛰어서 달려오는 소의 정면에 섰다. 손에 주먹보다 큰 돌이 들려있는 줄 의식하지도 못했다.

소년은 소의 얼굴을 향해 힘껏 돌을 던졌다. 황소가 비틀거리더니 네 다리를 접으며 고꾸라진다. 무슨 일이 일어났는지 알아차리지도 못한 채 잡았다고 안도하면서 소 곁으로 간 소년의 눈에 소의 왼쪽 뺨에 흘러내린 커다란 눈알이 보였다. 너무 무서워서 울음을 터뜨리는 것과 그 눈알을 잡아서 소의 눈에 밀어 넣는 동작이 동시에 일어났다.

황소의 눈알을 잡은 느낌은 끔찍하였다. 그 느낌에 가위눌리며 청소년기를 지내야했다. 소가 내놓은 눈알은 물컹하니 한줌잡고도 남았다. 하지만 워낙 급했다. 윗동네 부잣집 송아지를 데려와 2년 남짓 키워서 두어 달 뒤에는 주인에게 돌려주어야 한다. 실하고 때깔 나게 키워야 그 삯을 제대로 받는, 대단한 존재가 소였다.

공포와 슬픔에 눈물을 줄줄 흘리면서 소의 고삐를 감아쥐고 와서 외양간에 소를 들여놓았다. 마침 집에는 아무도 없었다. 한 바가지 물을 퍼마시고 '정짓간에 뛰어들어 놋숟가락 하나를 찾아 품에 넣었다. 감자 껍질 벗기느라 삐딱하게 닮은 어머니의 숟가락이다. 어머니의 손때가 낀 어머니를 닮은 숟가락이다.

소년은 샘재를 넘었다. 오십 리 재를 터덜터덜 걸어서 넘는 동안 해가 졌다. 여름이었지만 산속의 밤은 추웠다. 배고픔도 무서움도 슬픔에 비하면 아무 것도 아니었다. 어머니의 모습이 내내 눈앞을 가렸다. 재를 다 넘었을 무렵 소년은 길섶 움푹 들어간 곳에 쭈그리고 앉아서 밤하늘에 가득 뿌려진 별들을 쳐다보았다. 그만큼 많은 별들을 그토록 오래 쳐다보긴 처음이었다.

소년은 일어나 엉덩이를 툭툭 털고 다시 걷기 시작했다. 걷다보니 날이 희붐하게 밝아왔다. 얼마나 걸었을까 소년의 발은 사립문 앞에 닿았다. 겨우 하룻밤이건만 소년은 낯선 곳을 오래 방황한 뒤 마침내 아늑한 집에 이른 것 같았다. 사립문을 열자 툇마루에 앉아있는 어머니가 보였다. 밤새워 아들을 기다린 것이다. 한 마디 고함과 등에 힘대로 와 닿는 어머니 손바닥의 따끔한 감촉이 그렇게 고마울 수가 없었다. 참았던 울음이 터졌다. 마을에서 소를 잡았다. 고기 값을 제한 소값을 변상하느라 어머니의 등허리는 얼마간 더 휘어졌을 것이다.

불현듯 불국사의 만추가 생각났다. 토요일 오후를 달려 불국사에 이르니 그때처럼 해가 얼마 남지 않았다. 자하문 옆 수곽에 흘러넘치는 옥로수(玉露水)를 파란 플라스틱 바가지로 가득 퍼서 들이켜니 몸속에 맑고 찬 강물 한 줄기가 흐른다. 불국사 경내로 들어가는 길의 단풍나무가 곱게 물들었다.

　25년 전 그날처럼 그 느티나무 아래 앉았다. 세월의 더께가 앉아서 더 투박해진 나무 둥치에는 이름대신 '109번'이란 팻말이 붙어있다. 나무는 세월이 흘러서 '109번'이 되고 열네 살 소년은 오래되어서 은발의 신사가 되었다. 내 곁에 앉아서 아름답게 단풍든 숲을 바라보는 이 남자, 이제는 미운 구석이 더 많아졌다. 하지만 그에게 아직도 남아있을 그 소년을 나는 많이 사랑한다.

(2006.에세이스트 1·2월호 신작특집)

울할매

- 사투리수필

　"우야꼬, 우야꼬, 요 두 눈이 새까망 걸 우웨 직이꼬 !" 할매가 내를 업고 달포나 넘끼 월배 신의사한테 댕길 땝니더. 앞거름 넘꼬 지당들 지내고 한거랑도 건니가 댕깄심더. 한날은 널따란 방구돌에 내를 니라노코 털퍼덕 주저 앉띠, 한숨을 짚둥겉이 수면서 고런 말을 하시는 기라예. 내가 댓살이나 됐을 낍니더. 뇌막염에 걸리가 마카 죽을 끼라 캐샀답니더.

　옴마는 젖믹이 동상도 있고 들에 중참도 갖다 날라야 되이끼네, 할매가 내를 두더기로 끼리업고 병원에 댕깄는 갑심더. 심에 부치마 아무데나 앉어가 숨 돌리고 가는데, 의사한테 먼 말을 들었는지 그라고 눈물을 쭈루룩 흘리는 기라예. 그래 내가 할매 조고리를 붙잡고 "할매 내 안 죽을끼다." 캤십니더. "요누무 가서나가 내 믹살이를 잡꼬 눈알이 밴들밴들하이 달라드는 기라." 울 할매 심심하마 그 말 했십니더.

우웨끼나, 나는 안죽꺼지 밍줄이 붙어가 그때 할매맹키는 아이지만 낼모레 손지 볼 나가 됐심더. 울 할매는 요샛말로 여장부라서 "내 핵교만 지대로 댕깄시마 박순천(그 시절 여성 정치인)은 저리 가랄낀데." 란 말을 노상하민서 큰소리를 떵떵 쳤심더. 그 성질에 울 옴마 시집살이 디기 시깄지예.

막내이 고모 치울 때 혼시하로 큰자아 갔다가 깍쟁이가 쌔 삐릿다 카는 말을 들어가 신경이 쌍백이꺼지 뻗칬덩 기라예. 장 다 보고나이 울 할매 맴이 푹 노이가 장이 떠니러 가라고 "보이소! 깍째이요, 내 주무이 가~가소!" 라꼬 소리지러미 꼬장주에서 빈 주무이를 빼가 삥삥 둘맀다 안캅니꺼. 그러키 갱장한 성질 따문에 미느리 조캐미느리들은 할매만 보마 꼬내이 앞에 쥔기라예.

한 번 성이 났다카마 "이누무 인내야!" 고래고래 소리를 질러사가 옴마나 아지매들이 식겁하고 벌벌 떨었덩 기라예. 그란데 그 '인내' 란 말이 내를 무지하이 해깔리게 했어예. 중 핵교에 댕기던 잔 아재 앞일배이 책상 앞 비름빡에 요런 조오가 붙어 있었어예. "인내는 쓰다. 그러나 그 열매는 달다." 재구 글을 깨치가 연필똥개이로 아무 조오나 대이는 대로 글짜를 씨던 내가 일꼬 또 일러도 무신 말인지 모르겠능 기라예. 할매가 옴마를 "이누무 인내야!" 카미 머라카는데 그 '인내'가 이 '인내'마 아재는 와 이따구 걸붙이 났노?

암만 생각해바도 모리겠으가 아재한테 물어봤디만 울 아재 하는 말이 "일마 니는 몰라도 돼" 인자사 생각해보이 할매가 아지매들 부릴 때는 '인내'가 아이고 '인네' 고, 그기 '여인네'를 줄안 말 아이겠나 카는 생각이 드는 기라예.

우짜던동, 살민서 울 할매가 생각키면 시도 때도 없이 내 가심이 째질라캅니더. 나는 밍이 댓줄이라가 안 죽었지만 내 바로 우에 오래비가 열두 살에 뇌염 걸리가 도립병원에서 죽었일 때, 울 할매 및 십 년 삼동네 의원질 하던 침때롱을 불이 벌건 부석에 띤지뿌맀심더. 울 할매 목놔가 울민서 "알짱겉은 손지새끼 직이 놓고 이따구 침이 무신 지랄이고 !" 캤십니더.

손지 갖다 묻은 기 할매 가심에 대못치는 일 맨첨은 아입니더. 그 너더 해 앞에 울 아부지도 시상 비맀딩 기라예. 조선에 없는 맏아들 앞 시우고 근거이 추시리고 사는데 손지꺼지 잃아뿟시니 가심이 타도 어데 기양 탔겠능교. 숯디이가 돼도 시커먼 숯디이가 됐지예. 그기 다가 아입니더. 여나무 해 뒤에 또 울 옴마가 빙이 들어저 시상에 가뿌맀심더.

울 옴마 성내서 시상 비리가 고향집 앞에로 생이가 나가는데 생이꾼이 노잣돈 우룻는다꼬 집 앞에 생이를 시우고 버티이끼네 누가 큰소리를 내질렀어예. "노모 기신다, 쌔기 가자 !" 배깥 일 모린 척하고 들앉었는 노모가 바로 할매아인교. 암매, 할매 맴 아푸까바 당숙부가 그캤는 갑십니더.

할부지는 말할 꺼도 없꼬, 아들, 손지, 미느리 당산에 갖다 내삐리고 울 할매 우웨 살았겠십니꺼? 삼동네가 무시라했던 욕쟁이 할매에다가 인물은 또 얼매나 훤했다고예. 그 할매가 열맥이 풀어지고 수가 죽어가 내 비기에는 자꾸 짝아지데예. "내 살아온 거 책으로 씌마 바소구리로 한 거는 될끼다." 카싰는데, 하매요 할매 두 말하마 머 합니꺼. 그 책 속에 머이 들었는지 내 다 모리겠지마는 짚어보마 빌의 빌 기맥힌 일들이 다 있었겠지예. 할매가 누군교. 왜정시대, 대동아전쟁, 육이오 난리 다 적고도 집안 거두미 살아낸 역사의 생생한 징인 아인교.

울 할매 한 대소구리도 안되기 쪼깬하고 해깝어져가 저 시상 가시뿌린 지도 서른 해가 넘었심더. 시방도 할매 생각키마 내 가심이 턱턱 맥히뿌는 기라예. 무시라 무시라 캐도 손지 애끼는 거는 유빌랐는데….

내가 노상 아퍼가 "이누무 가서나는 시집보낼 쩍에 논이라도 댓마지기 딸리조야 누가 델꼬가도 안 델꼬 가겠나." 카는 말 술찮게 들으미 컸지예. 빙치리 하니라고 사람꼴이 될랑가 싶어 캤는 말일 낍니더.

친정 산소에 갈 쩍 마중 할매 앞에 머리 수구리고 절하미 "할매 논 댓 마지기 안 딸리조도 내 잘 삽니더. 애 마이 믹있지예. 그라고! 거꺼지 가시가 옴마 딘 시집살이 시기는 거는 아이지예?"라 카면, 울 할매 "저누무 소~온 다 디져 가디 입만 살어가~" 카미 웃으시는 거 같십니더. 그 할매가 뻐덕거리마 억수로 보고접심니더.

(2007. 실험수필 창간호)

슬픈 이름, 어머니

– 나의 어머니

이태 전에 「내 어머니 가신 나라」란 제목의 글을 썼다. 그때 생각했다, 이제 어머니에 관한 글을 더는 쓰지 않아야겠다고. '어머니'가 제목이 되고 제재가 되는 글은 이 글이 네 번째이지만 어머니는 나의 다른 글 여기저기에 회상의 한 장면으로, 한 줄의 문장으로 자주 발걸음을 하셨다. 마치 박완서 선생의 소설에 6·25전쟁 나오듯 했다고나 할까.

이 글의 제목이 그렇듯이 어머니는 내게 슬픈 이름이며 채워지지 않는 그리움이다. 도무지 기꺼운 그리움으로 떠올릴 수 없다면 이제는 평안한 나라에 계실 어머니를 비록 글 속이라 할지라도 다시 이 지난한 세상에 오시게 하고 싶지 않아서다. 어쩌다가 또 '나의 어머니'란 테마로 글을 쓰게 되었다. 그만 두어야지 하면서 며칠을 보내다가 문득 생각했다. 어머니는 언제 행복하셨을까. 어머니도 더러는 행복하셨겠지. 그때가 언제였을까. '행복했던 내 어머니' 생각만 해도 가슴이 떨렸다. 마냥 행복한 삶이 있을 수 없듯이 불행 또한 사람의 일생을 완전히 점령할 수는 없는 것 아닌가. 어머니를 화사하고 아름다운 여인으로, 복되고 평온한 삶을 살다간 여인으로 그리고 싶다. 생각이 거기에 미치자 그렇게 하는 것이 자식으로서 마땅한 본분이고 효도이며 내 오랜 소망이었다는 깨우침이 왔다. 기뻤다. 그 기쁨에 들떠서 또 며칠을 보냈다.

이제 쓰는 일만 남았다. 생각해 보았다. 회상해 보았다. 기억 속을 헤집어 보았다. 그때였을지 몰라. 아마 그때일 거야. 최초의 기억일 것 같은 너덧 살 적부터 스물한 살까지 이리 뒤지고 저리 펴보아도 확연하게 잡히는 게 없다. 그러니까 내 기억이란 것이 어머니가 지었을 행복한 순간의 표정은 놓쳐버리고 삶의 무게에 짓이겨진 모습만 담고 있었던 것이다.

그러다가 문득 정말 불현듯 텔레비전 연속극 「여로」가 생각났다. 그래 그때 행복하셨을 거야. 후유, 가슴을 쓸어내리는데 눈물 한 방울이 떨어졌다. 눈물과는 달리 내 입은 웃고 있었다. 막연히 어머니도 행복하셨을 거라고 짐작하는 것보다 어머니의 행복을 구체적으로 떠올린 건 얼마나 기쁜 일인가.

그 무렵에는 텔레비전 없는 집이 태반이었다. 네 개의 다리가 달린, 양쪽으로 문을 여닫는 아주 신기하면서 무슨 보물 같은 그것이 안방에 들어오고 나서 어머니는 눈에 띄게 생기를 찾았다. 그때 이미 병이 깊었지만 연속극 「여로」를 기다리는 즐거움에 어머니의 날들은 지고 새고 했던 것 같다. 분이가 슬퍼하면 같이 울고 분이를 구박하는 시어머니와 팥쥐 같은 시누이에게 욕을 퍼붓곤 하였다. 아랫방 식구들이 와서 함께 시청을 할 때면 그 사람들이 못 본 부분을 신명이 나서 이야기해 주느라 기운을 빼기도 하였다.

그 연속극이 하도 인기가 있어서 너무 오래 했던 것 같다. 지금 생각해도 유감스럽기 짝이 없다. 분이가 행복해지는 모습을, 영구가 훌륭한 아버지가 되는 것을, 분이 아들이 일류 대학에 합격하는 장면을 빨리 보여주었으면 오죽이나 좋았으랴. 어머니는 차츰차츰 앞으로 나 앉으시더니 나중에는 화면 앞에 바짝 눈을 들이밀었다. 마침내 실명하셨고 누워서 그 연속극을 듣다가 그마저 못하게 되었다. 그럼에도 불구하고 「여로」를 보시던 어머니가 행복했다고 생각한다. 행복한 어머니를 떠올리니까 나도 진정 행복하다.

어머니는 기품 있는 여인도 아니었고 자녀들에게 그럴듯한 가르침 한 마디 해 줄만큼의 식견도 못 가진 분이었다. 자녀들에게 어리광을 허용하거나 푸근하게 보듬어 주는 여유조차 당신의 것이 아니었다. 다만 몹시도 겨운 삶을 무던하게 인고해내셨다.

절대로 당신처럼 다 성장하지 않은 자식을 두고 떠나지는 않겠습니다. 어머니 가신 그 순간부터 지금까지 내가 이 악무는 다짐을 할 정도로 못내 서운하고 내세울 것 없는 어머니. 그러나 삶의 어느 모퉁이에서 무엇을 만나도 살아남을 자신이 있는 질기고 강인한 정신을 어머니는 나에게 남기셨다.

어머니, 당신도 고운 새색시였고 젖먹이에게 부푼 젖 물리던 젊은 엄마였지요. 당신의 생애에도 눈물겹도록 행복했던 한때가 분명 있었겠지요.

(2003. 수필과 비평 3·4월호)

옛날이야기

멀건 갱죽을 휘휘저어 풋나물 건더기를 내 그릇에 넣어주며 시어머니께서 말씀하셨다. 오늘 월산댁네 밭 매러 가자. 어제부터 환도 뼈가 시큰거리는 게 산기가 아닌가 싶은데 이 무슨 야속한 말씀인가. 뜨악해서 어머니를 바라보니 짐짓 모른 체 머릿수건을 두르며 문지방을 나서셨다.

만삭의 배를 감싸 안고 어기적어기적 어머니 뒤를 따라가는데 눈물이 핑 돌았다. 햇살은 금싸라기처럼 눈부시지만 휘감겨오는 바람은 시린 봄날이었다. 논두렁밭두렁을 위태롭게 걸어서 보리밭에 이르니 며칠 봄비에 어린보리가 한 뼘이나 자랐다. 야들야들한 보리 빛깔이 참으로 고왔다. 보릿고개가 아직도 가마득한데 나는 철부지 새색시여서 저게 언제 양식이 되나 하는 걱정보다 친정 오라버니가 만들어주던 보리피리 생각을 하고 있었다.

몇몇 아낙들이 도착하고 내 손에도 호미가 거머쥐어졌다.

너는 매는 시늉만 해라. 내가 두 몫을 할 테니. 밥 한 그릇은
실히 먹어야 해산을 하지. 이 집은 일꾼 밥 많이 주는 집이라.
그제야 그 마음 내게로 건너와서 눈앞에 자우룩하게 안개가
끼었다. 어머니는 재바르게 호미질을 시작하셨다. 보리포기
사이의 지심을 뽑아주고 흙을 푸슬푸슬하게 일으켜 주어야
하건만 나는 배를 안고 앉기조차 힘들었다.

어찌어찌 한 이랑의 절반쯤까지 뭉그적거리며 갔지만 더
는 참을 수 없어서 외마디 소리를 지르며 밭고랑에 털버덕
주저 앉아버렸다.

"옴매요, 옴매요"

누군가 부산하게 고함을 질러 어머니를 불렀다. 저만치 밭
끄트머리에서 어머니가 호미를 던지고 달려오셨다. 금방 밥
땐데. 어머니의 안타까움 섞인 지청구에 억울한 생각이 들어
서 한 마디 대꾸를 하려는데 하늘이 노래지더니 정신이 아득
해졌다.

"아가, 정신 차리라!"

뺨을 얻어맞은 느낌에 깨어나니 땀에 젖은 어머니의 얼굴
이 보였다. 멈추었던 진통이 다시 시작된 내 눈에, 천장의 빛
바랜 꽃무늬 사이로 군대에 간 신랑의 얼굴이 어른거렸다.

너를 그렇게 낳았다. 감자와 갱죽만 먹으면서 어디에 감추
어 두었던지, 아니면 어떻게 구했던지 할머니는 내게 첫국밥
을 끓여주셨다. 추석, 시어머니의 유택에 웃자란 잡풀을 손

으로 뜯어내면서 일흔을 바라보는 맏동서가 마흔이 넘은 큰 조카에게 하는 이야기다.

　동서에게는 눈물 그렁그렁 맺히는 어제 일이고 조카에게 는 듣고 또 들어서 심드렁한 옛날이야기이다.

(2005. 에세이스트 5·6월호)

국화꽃 피다

국화꽃이 피었다.

청도운문사 소나무 숲속 젖은 땅에서 손가락 길이의 국화 한 줄기를 뽑아왔었다. 가는 뿌리를 감싼 한 줌 흙을 그대로 떠와서 화분에 고이 심었다. 비록 한 줄기일지라도 제자리에서 가져오는 게 마뜩치 않고, 또 그럴 만큼 국화가 희귀한 것도 아닌데 그날은 무슨 맘에선지 그리하였다.

그 여린 몸으로 줄기를 하나둘 늘여가나 했더니 겨울이 깊어지자 몰골이 말이 아니게 말라 비틀어져서 화분 위에 널브러졌다. 봄이면 잔해를 비집고 파릇하니 새싹이 돋아나고 겨울이 되면 말라죽기를 거듭하면서 몸집을 불려나갔다. 삼년째 접어드는 어느 날 아침, 작은 꽃망울이 여러 개 맺힌 것을 보았다. 마침내 꽃이 필 모양이다.

'마침내 꽃이 필 모양이다', 그 날이 작년 6월 28일이다. (날짜를 기억하는 것에 무슨 의미가 있다는 말인가.) 그리고 올해 다시 꽃이 피었다. 노란 꽃이다. 거실 한쪽 벽에 시「국화 옆에서」가 10년이 넘게 서예작품으로 걸려있다. 그 시를 좋아했으나 많은 시간 무심히 지나쳤다. 그런데 어느 때부턴가 시가 자주, 예사롭지 않게 다가와서 가슴이 저리는 것이다.

'인제는 돌아와 거울 앞에 선/ 내 누님같이 생긴 꽃이여'

내가 그래야 한다는 생각이 들었다. 화려하지도 아름답지도 않지만 신산한 세월을 웬만큼 살아낸 자의 얼굴과 심성을 가진 누님 또는 누님같이 생긴 꽃, 그게 나여야 한다는 생각을 했다. 꽃은 꽃이되 누님같이 생긴 꽃, 그 의미가 천천히 내게 오더니 나를 조용히 불러앉히고는 스스로를 들여다보게 하였다. 그 느낌은 무겁지도 않고 까다롭지도 않으며 오히려 잔잔하게 무늬 지는 기쁨 같은 것이었다.

그냥 두었으면 더 좋았을 그 젖은 땅에서 줄기 하나를 뽑아온 내 의식의 심연에는 꽃을 피워보고자 하는 소망이 있었던가보다. 내년에도 꽃은 필 것이다. 하지만 나는 아직 '국화꽃'을 피우지 못했다. 이제 겨우 꽃의 의미를 헤아리며 그 표정이나 심성이 좀 더 확연하게 형상화하기를 기다릴 뿐이다. 그리고 '피다'를 다시 깊게 들여다보아야 한다.

(2006. 에세이스트 9·10월호)

4부

말없음의 미학

나에게 축적된 시간의 의미를 되짚으며
그 속에서 아름다움과 고마움에 대한 기억을 되살려 내었으면 한다.
내가 만났거나 보았던 남루한 사람들과 초라한 것들을 생각해 내고
그때는 모르고 놓쳐버렸던 어떤 고귀함 앞에서 고개 숙이고 싶다.

그리운 오두막집

오래 전에 팔공산의 한 암자에 머물렀던 적이 있었다. 2월에 대학을 졸업했는데 4월에 출근을 하게 되어 있었다. 그 두어 달을 암자에서 지낼 수 있게 되었을 때 참으로 기뻤다. 조용하고 평화로우며 충만했던 꿈같은 시간이었다. 한밤 요사채에 감돌던 적요, 희붐한 새벽에 바라본 푸른 산, 그리고 호젓한 길에서의 산책을 어찌 잊을 수 있으랴. 그런 시간이 다시 올 수 있을까. 나는 깊은 산속, 또는 천길 물속 같은 시간을 갈망한다. 좀 더 조용한 곳으로 가서 살고 싶지만 스무 살시절처럼 암자를 찾아갈 수는 없는 노릇이다. 쉬러가는 것과 살러가는 것은 다른 문제이기 때문이다.

너무 안간힘을 쓰면서 살았다는 생각이 든다. 겉보기에는 물론 그리 애를 쓰는 것으로 보이지 않을지도 모르겠다. 하지만 삶에는 갈등구조가 있게 마련이다. 악전고투라고 할 수는 없지만 생이란 고해를 나름대로 힘겹게 헤엄쳐왔다고 말할 수는 있겠다. 나는 씩씩하게 살아가고 있다. 의연하고자 했고 자신감을 잃지 않으려 하였다. 그것은 낭패감을 드러내지 않기 위한 몸짓이었을 터였다. 그렇듯 겉으로 드러낸 몸짓은 마침내 나를 지치게 했다.

언젠가는 가고 싶은 곳에 갈 수 있을 터이다. 얼마 전에 지리산 가는 길에 금빛으로 일렁이는 보리밭과 얕은 산기슭에 무더기무더기 피어있는 흰 찔레꽃을 보았다. 어디에 가고 싶어 했는지 불현듯 깨달았다. 아득한 유년의 우리 집 대문께에 서면 보이던 그 보리밭이었고, 장독대 뒤 담장에 하얗게 피어있었던 그 찔레꽃이었다. 그렇게 연상된 옛집은 한순간의 향수를 넘어서는 절실한 그리움을 불러일으켰다.

잊고 지냈다. 너무 깊이 숨겨두어서 까맣게 잊어버린 소망 하나가 나를 뒤흔들었다. 나는 가리라, 흙냄새 풀냄새 두엄냄새 묻어나던 옛집으로. 그 옛집은 자취 없어진 지 오래되었다. 어릴 적 살던, 우물이 있고 감나무가 있고 쇠죽 끓이던 가마솥이 있고 외양간이 있던 그 집은 하나의 표상일 뿐이다. 툇마루 아래 작은 섬돌이 놓여있고, 마당귀에 맨드라미 봉숭아가 피어있는 아담한 집이면 어디든 족하리. 걷잡을 수 없을 만큼 마음이 산란했다. 갑자기 모든 것들이 힘겨운 등짐으로 느껴졌다.

유감스럽게도 아직은 때가 아니다. 때는 더 무르익어야 한다. 언제일까, 10년쯤 후면 되려나. 그때가 되면 옛집을 꼭 빼닮은 집에서 꽃이 피고 지는 것을 보면서 살고 싶다. 원하는 곳에서 바라는 모습으로 살아가기가 얼마나 어려운 일인지를 모르는 바가 아니다. 어쩌면 영영 그곳에 가지 못할지도 모른다. 뜻하지 않은 일이 생길 가능성도 얼마든지 있다. 그렇지만 생길지도 모르는 의외의 일까지 염두에 둘 필요가 있겠는가.

두 아이가 공부를 하고 있다. 공부를 마치면 짝지어 보내야 한다. 그러니까 내 밭에는 여태 경작하지 못한 이랑이 남아 있는 것이다. 떠나고 싶은 마음을 다스려야 할 이유가 되고도 남는다는 생각이다.

때가 되면 어느 촌락의 작은 집에서 조용히 살 수 있겠지. 그 작은 집을 얻기 위해서 열심히 살 것이고 그때쯤이면 나이도 그만한 까닭에 한유함을 누리는 것이 그리 염치없는 일은 아니리라 애써 생각한다. 넉넉하고 평화로운 개미의 겨울이 내게도 올 수 있기를 바라는 마음 간절하다.

그때는 또 다른 푸념을 하게 될지도 모른다, 글쓰기도 예전 같지 않고 눈이 침침해서 책 읽는 것도 버겁다고, 그래서 하염없이 먼 산만 바라본다고. 다소 쓸쓸하겠지만 그지없이 평온할 훗날을 그려보니 힘이 생긴다. 언젠가는 이르게 될 그리운 오두막집을 향해서 또박또박 착실히 걸어가련다.

밤이 깊을 대로 깊었다. 우선은 편안한 잠에 들어야겠다.

(2005. 에세이21 가을호)

'뜰'에서 보내는 오후
− 한 번쯤 꿈꾸는 삶

오후의 햇살이 맞은편 십자수가게 창문에서 머뭇거리고 있다. 이따금 눈을 들면 창에 걸어 놓은 해바라기, 새, 시계 문양의 십자수 작품이 보일 뿐 사람은 물론 주인조차 보이지 않는다. 나른하고 권태롭다.

책 읽기가 이제 그리 수월하지 않다. 아직은 그럭저럭 읽고 있지만 곧 안경을 써야할 것 같다. 지금 내가 앉아있는 책방에도 정적이 묵은 먼지처럼 쌓여있다. 벌써 몇 시간째 아무도 저 덜컹거리는 유리문을 열지 않는다. 하지만 그다지 지루하지는 않다. 나는 어느새 초로의 여인이 되어 책방에 앉아 있다. 그러니까 나는 서점 '뜰'의 주인이다. 서점 이름이 그럴듯하지 않은가. 8호 크기의 목판에 얌전하게 음각된 '뜰'이 출입문 옆 빈 벽면에 걸려있다. 초라하게 보일지도 모르지만 이 간판이 마음에 든다.

책방에서 이루어지고 있는 일상은 지극히 단순하다. 책을 팔아야 하지만 고객이 그리 많지 않다. 하루에 몇 사람이나 저 문을 밀고 들어오는지, 그 중에 몇 사람이 책을 사 가는지에 무심한 편이다. 처음 한동안은 책을 들여놓고 팔고 하는 일에 마음을 많이 썼다. 이제는 그러려니 하면서 그저 책읽기에 빠져있다. 사실 책읽기에도 바빠서 다른 데는 그다지 신경이 쓰이지 않는다. 아직도 못 읽은 책이 너무 많고 눈이 더 나빠지기 전에 가능한 한 많이 읽어두어야 하기 때문이다. 낡은 책들이, 이미 한물갔다고들 치부하는 명저들이 빽빽이 꽂힌 서가 사이의 통로에 놓인 푹신하고 큰 의자에 파묻혀서 책을 읽노라면 아까운 게 시간이다.

나의 다른 모습을 마음대로 그려보았다. 정말 책방주인이 되고 싶었다. 실제로 그렇게 되기 위해서 여기저기 알아본 적도 있다. 지인들은 한결같이 대형서점, 인터넷서점이 널려 있는데 사양길에 접어든 지 오래 된 골목서점을 왜 시작하려 하느냐며 손사래를 쳤다. 뿐만 아니라 책을 정리하고 옮기는 일들이 중노동이라는 주장을 했다.

뙤약볕 아래에서 땀 흘리는 농부의 편에 나는 서 있다. 논 두렁길, 들꽃, 물빛 하늘에 떠있는 조각구름, 아름답지만 농촌을 전원으로 바라볼 수만은 없는 노릇이다. 그런 맥락에서 보면 작은 서점의 주인이 되고 싶은 소망은 어리석기 짝이 없고, 나는 도대체 생각이라고는 없는 사람이 되고 만다. 서점 주인으로서 일정 수준의 이윤을 추구하여야만 한다. 그런

데도 숫제 거기에는 관심도 없고 능력도 없으니 어디 될 법이나 한가. 아담한 서점에서 있는 듯 없는 듯 가능하면 신의 눈에조차 띄지 않게 조용히 살고 싶은 오랜 꿈은 그래서 접을 수밖에 없었다.

그럼에도 불구하고 서점 주인이 되고 싶다는 소망에 사로잡혀서 나는 꿈꾸기를 그치지 않는다. 서점 '뜰'의, 하도 여러 번 그려보아서 낯이 익은 그 의자에 다시 나를 앉혀본다. 내 코와 귀에는 이제 테가 가벼운 안경이 걸려있다.

문은 열릴 때마다 삐걱거린다. 그 문을 열고 한 청년이 들어온다.

"『○○○』 있어요?"

"그 책은 없어요. 미안해요."

"나온 지 6개월이나 되었는데요?"

"단테의 『신곡』 읽었어요?"

"못 읽었는데요"

"나온 지 600년이 넘었다오."

어디에선가 읽은 비슷한 내용을 패러디하였다. 이를테면 귀한 손님들과 이런 식의 대화를 나누며, 또 찾아온 이에게 이 책은 정말 읽어 볼만하다고 권하기도 하며 시간을 보내고 싶다. 그러면서 나에게 축적된 시간의 의미를 되짚으며 그 속에서 아름다움과 고마움에 대한 기억을 되살려내었으면 한다. 내가 만났거나 보았던 남루한 사람들과 초라한 것들을 생각해내고 그때는 모르고 놓쳐버렸던 어떤 고귀함 앞에서 고개 숙이고 싶다.

그러다가 어느 늦은 가을 날 엷은 어둠이 골목 저 끝에서 막 묻어들어 오기 시작할 때, 마침내 나는 영원 속으로 함몰되었으면 한다.

(2004. 대한문학 가을호)

달빛이 아니어도

고개를 드니 히말라야시더 가지에 붉은 달이 걸려 있다. 달은 둥글고 곱다. 음력으로 며칠이더라? 생각하며 몇 발짝 더 걷다가 혼자 웃는다. 히말라야시더 검푸른 가지에 선명하게 돋아있던 달은 가로등이었다. 그리고 보니 가로등은 10여 미터 정도의 간격으로 나무들 사이에 세워져있다.

길이 밝았으니 당연히 가로등 덕분인 게다. 걷는 각도와 가로등의 위치에 따라 그림자들도 왼쪽 오른쪽으로 자리를 바꾸고 길어지는가 하면 짧아진다. 가로등은 도시의 달빛이다. 그 빛이 땅위에 나무 그림자를 수묵화로 그려 놓았는데 달밤 지창에 비친 것처럼 바람에 일렁인다.

두 바퀴째 땅만 보고 걷다가 문득 눈에 들어온 가로등을 달로 착각한 것이다. 밝게 비치는 달을 보는 순간 행복했다. 뒷짐을 진 채 산책을 하면 어디선가 월광 소나타가 들려올 것만 같다. 이 밤, 베토벤처럼 사색에 잠겨 천천히 걷고 싶다.

오, 하지만 나는 운동복차림에 운동화를 신고 머리띠를 하고 있다. 도저히 베토벤처럼 격조 높은 분위기를 만들어낼 수는 없을 것 같다.

여기는 익명의 숲이다. 익명이라고 한 것은 적어도 지금 이 시간 이 숲에서는 아무도 이름을 가진 것 같지 않아서이다. 집 근처에 있는 체육공원인데 줄잡아도 일백 명은 될 법한 사람들이 시계반대 방향으로 걷고 있다. 약속이나 한 것처럼 한 방향으로 걷기 때문에 서로 얼굴을 볼 일이 없다. 밤, 숲길, 선선한 바람이 있고 건강한 다리가 있다.

걷기운동들을 하고 있다. 건강하게 살기 위해서, 혈당조절에 혹은 혈압에 좋다고 하니까 걷는 것이다. 또 살을 빼야 하니까, 체력을 강화해야 하니까 수십 가지 이유로 수백 사람이 걷는다. 통틀어서 걷는다고 했지만 뛰는 사람도 적지 않다. 건장한 청년이 휙 스쳐가고 몸집 좋은 아줌마가 헉헉거리며 뛴다. 경보를 하는 아가씨도 있다. 경보하는 모습은 언제 봐도 좀 우습다. 특히 엉덩이가 움직이는 모양은 우습기도 하고 귀엽기도 하다. 젊었으니까 저렇게도 할 수 있겠다는 생각이 든다. 젊음은 참 아름답다. 어르신들은 거의 보이지 않는다. 아마 그분들은 밝은 아침나절에 걸으시는 모양이다.

보폭을 한껏 크게 하고 되도록 빨리 걷는다. 무슨 행진이나 하듯이 앞뒤로 팔을 크게 흔들기도 한다. 그래야 운동이 된다고 하니 대부분 그런 모양새다. 위풍당당하다. 물론 나도 그렇게 걷는다. 오직 걷기만 한다. 앞을 응시하면서, 땅을 내려다보면서, 또는 다른 사람들이 만들어내는 그림자들의 다양한 모습을 감상하면서 발걸음을 내딛는다. 어떤 날은 풀벌레소리에 새삼 놀라기도 한다. 풀벌레는 찌르륵찌르륵 내내 울고 있었을 텐데 나에게는 그 순간 처음 들려온 것이다. 가히 걷기 삼매에 빠져있다고 할 만하다.

내가 가장 하기 싫어하는 것이 운동이다. 자동차운전도 못하고 자전거 배우기에도 실패한 나에게 헬스기구는 두려울 뿐이다. 몸의 상태로 보아 운동을 하지 않으면 안 되겠다는 생각을 했을 때 그나마 할 수 있는 것이 걷기라는 생각을 했다. 앞에서 말했듯이 같은 값이면 사색을 겸한 시간을 보내고 싶은데 걸음의 속도 때문에 그게 안 되어서 유감이긴 하다. 하지만 그다지 나쁘지는 않다. 함께 걸으면서 조용한 사유대신 사람살이의 생생한 이야기들을 듣는다. 스쳐지나가는 사람들의 이야기를 들으면 재미있다. 물론 걸음의 빠르기가 다르기 때문에 길게 듣지는 못한다. 짧지만 미루어 짐작하면 긴 이야기로 알아들을 수 있다.

"닭고기 돼지고기 신나게 먹었더니 사흘 만에 2㎏ 불었어. 운동하면 뭐 하니." 먹고 죽은… 어쩌고 하면서 두 여자가 까르르 웃는다.

"집에는 홍삼 묵는교? 당뇨에는 홍삼이 좋다 카대."

"뽕나무 달인 물이 젤이라 카이."

아주머니 두 사람을 앞지르면서 주워듣는다.

"내가 보증을 섰는데…" 휴, 무거운 한숨이다. 더 안 들어도 그 괴로움 알 것 같지 않은가.

초여름부터 시작했으니 어느새 한 계절이 지나갔다. 그동안 삶의 기쁜 소리, 아픈 소리를 많이도 들었다. 목소리만 들을 뿐 그들이 누구인지 모른다. 누구인지를 모르는 채로 그들에게 애정을 느낀다. 그 누구도 특별하지 않다. 모두들 고만고만하게 살아가고 있다. 그러니까 우리는 고락을 함께 하고 있는 것이다. 동병상련의 정이 왜 없겠는가. 달빛이 아니어도 좋으리. 월광 소나타가 들리지 않아도 그만이리. 이 밤 익명의 숲에서 우리는 건강이라는 명제 앞에, 삶이라는 진실 앞에 하나가 되는 것이다.

'추수 끝난 들녘을 한 십리만 걷고 싶습니다.' 전신마비의 시인이 내게 말했었다. 그를 대신해서 내가 걷는다. 그의 걸음을 우리가 걷는다.

(2004. 대구문학 봄호 신작특집)

삶

여자는 널판자에 엎드린 채 단잠을 자고 있다. 새벽시장에 나가서 물건을 받아오느라 잠을 설쳤을까. 물건이랄 것도 없네. 여자의 머리맡에 있는 물건들이란 대접만한 하늘색 플라스틱 그릇에 담긴 냉이 달랭이와 양파가 전부이다. 무게를 달아야 할 것도 없어 보이는데 일없이 저울도 덩그렇게 놓여 있다.

뒤로 틀어 올려서 핀으로 단단히 마무리한 머리 아래로 검게 그을린 옆얼굴이 조금 보인다. 건강하고 생활력이 강해 보이는 중년 여인이다. 품이 넉넉한 감색 조끼 안에 푸른 빛깔의 낡은 티셔츠, 그리고 갈색 물방울무늬 통바지를 입었다. 다리가 ㄱ자로 꺾이느라 당겨 올라간 바짓단 아래로 바둑판 문양의 회색 양말과 자주색의 뭉툭한 신발이 보인다. 둥실한 허리에는 전대를 겸한 앞치마를 두르고 있다. 여자는 양은 쟁반으로 덮은 헌 함지를 의자삼아 앉았는데, 엉덩이와 쟁반

사이에 때 절은 방석이 비죽 나와 있다.

오후 세 시쯤은 되었을 게다. 5분 아니면 10분 후엔 짧은 잠에서 깨어나겠지. 내년 이맘때나 되어야 끝날 적금을 지금 꿈속에서 탔을지도, 내 집을 장만해서 이사할 생각에 한껏 기뻐하고 있을지도 모르겠다. 여자의 등허리에 내리는 햇살이 조금만 더 따사로웠으면, 그래서 잠이 좀 더 길어졌으면 좋겠다.

얼굴을 가린 두 손이 먼저 보인다. 손이 감추고 있는 얼굴, 눈을 감고 바짝 마른 입술을 씹으며 남자는 무슨 생각에 잠겨 있을까. 색이 바래인 청색 점퍼에 후줄근한 베이지색 코르덴바지를 입었다. 남루한 행색이다. 이른 새벽 인력시장에 나가서 서성였지만 오늘도 허탕을 친 게다. 건장한 체구도 아닌데다 오십 줄에 든 나이 탓에 그는 번번이 밀려난다. 집세랑 아이들 수업료랑 걱정이 태산이다. 싸구려 비닐 장판이 깔린 마루 끝에 신발도 벗지 않고 쭈그리고 앉은 남자는 같은 자세로 꼼짝도 않는다. 한두 시간은 족히 되었을 성싶다.

땅거미가 지고 어둠이 짙어져야 아내가 돌아온다. 팔다 남은 냉이로 시원한 된장국을 끓여주면 시린 속을 덥힐 수 있겠지. 기운을 차려야지, 젊은 사람 못지않은 힘이 있다는 걸 보여주어야지. 남자의 거친 두 손에서 그런 의지를 읽는다. 남자는 결코 무기력하지 않다.

햇살이 유난히 따사로운 늦가을 오후, 사진 전시회에 와 있다.「삶」이란 제목의 작품 앞이다. 왼쪽에는 좌판 위에 엎딘 여자, 오른쪽에는 얼굴을 가린 채 쭈그리고 앉아 있는 남자, 그렇게 두 점의 사진을 한 액자에 담았다. 작가는 고단한 삶의 모습을 사실감 있게 잡았다. 전시회장으로 오던 길에 잠시 공원을 걸었다. 발치에서 낙엽 바스러지는 소리를 들으며 올려다보니 성긴 나뭇가지 사이로 쪽빛 하늘이 아득하게 보였다. 늦가을이나 겨울 초입의 정경에는 쓸쓸함이 배어 있게 마련이다.

작품「삶」앞에서, 전시회장으로 나를 따라 들어온 쓸쓸함을 바깥으로 쫓아냈다. 그리고 한참을 서서 이런저런 생각을 해보고 있다. 여자와 남자, 내 마음대로 상상을 해본다. 여자는 이랬겠구나. 남자는 저랬겠구나. 각각 다른 곳에서 찍은 생면부지의 인물들일 터이다. 어떤 개연성도 없지만 그들을 부부로 묶어보기도 한다. 그들은 이 땅을 살아가는 수많은 아내와 남편, 어머니와 아버지의 표상이기 때문이다.

그들에게서 희망을 찾아내고 싶어서 나는 좀처럼 발을 떼지 못한다. 여자의 등허리에 얹힌 건 삶의 무거운 등짐이 아니라 맑고 따뜻한 햇살이다. 남자는 무기력에 빠져 있는 것이 아니라 내일을 다짐하면서 휴식을 취하고 있다. 이런 생각을 하는 것은 그들과, 그들의 삶 앞에 선 나를 위로하고 싶어서이다.

사진작가의 마음을 헤아려본다. 피사체를 바라보면서 작

가는 간절하게 바랐으리라. 여자에게서 고단함이 덜어지기를, 남자의 내일에 지난함이 놓여있지 않기를.

전시회장을 나온다. 조금 전에 나에게서 쫓겨난 쓸쓸함은 어디로 갔는지 보이지 않고, 아직 따스함을 잃지 않은 햇살이 어깨에 살포시 얹힌다.

(2004. 대구문학 봄호 신작특집)

말없음의 미학

　수천수만 마디의 말을 담은 눈빛이 있다. 천 년을 마주 앉아 있어도 좋을 것 같은 사랑하는 이의 눈빛이다. 어느 날 그 눈은 긴 이별의 말을 그렁그렁한 눈물로 대신하는데 그 애틋함은 실로 가슴 저미는 것이다. 마주 앉아서 수많은 말을 주고받으며 사랑을 나누고 사흘밤낮을 울면서 이별의 말을 한다면 얼마나 진부할 것인가. 말이 됨으로써 진실은 오히려 가벼워지는 게 아닐까.

　부석사에 갔을 때, 그 유명한 부석 앞에 한참을 서 있었다. 실낱 하나 지나감직한 틈을 두고 두 개의 큰 돌은 천년을 견디고 있다. 아랫돌과 뜬 돌을 하염없이 바라보노라니 전율이 일었다. 긴 세월 서로를 향하고 있지만 더는 다가서지 않는 그 말없음의 정한이 사무쳐왔던 것이다. 의상대사와 선묘아가씨의 전설이 아니더라도 서로 닿지 않는 두 개의 돌에서 나는 말없는, 말 잃은 사랑을 읽었을 것이다. 갑자기 일인이

역이라도 되어서 두 개의 돌이 묻어놓고 있는 말을 주고받고 싶었다. 역시 세설(細說)이 많은 속세 사람다운 생각이다. 어리석은 마음이다. 그렇듯 견디고 있는 뜻을 모르는 바가 아니지 않은가.

부석이 전해준 정과 한을 그대로 받아 안은 채 무량수전에 들었다. 정성껏 오체투지를 하는 사람들의 뒤에서 선 채로 부처님을 바라보았다. 한참 만에 아미타여래의 미소를 보았다. 그 미소는 영겁의 세월 저편에서 현세의 나에게로 왔다. 한없는 자애로움이나 중생을 향한 자비, 그런 의미가 아니다. 또한 내 얕은 지혜로 무슨 무언의 설법을 알아들은 것은 더욱 아니다. 그냥 그렇게 그 자리에서 고요를, 적막을 온몸으로 느낀 것이다. 부처님의 눈과 입가에 머문 보일 듯 말 듯한 미소는 참으로 아득한 것이었다. 말없음의 아름다움, 그 극치였다.

날마다 많은 말들을 하면서 산다. 감정을 현란하게 수식해서 말하고 무언가를 끊임없이 설명하고 이런저런 변명을 늘어놓으면서 살아가고 있다. 그것이 나쁘다는 것은 아니다. 말이 말로서 아름다운 경우도 얼마든지 있으리니. 그것을 나열하려면 하루해로는 모자랄지도 모른다. 하지만 수천수만 마디의 말을 담은 눈빛이나 두 개의 돌이 공유하는 천년의 세월, 아미타여래의 미소에서 느껴지는 말없음의 아름다움에 견줄 수 있겠는가.

말없음은 정녕 말이 없는 것이 아니다. 오히려 많은 말을 품고 있다는 생각이다. 말없음은 그 내포하고 있는 말들을 아끼고 삭혀서 마침내 '…'처럼 잔잔한 평화를 얻었을 때 보여지는 말의 다른 형태일 터이다.

말을 잊어버리고 싶을 때가 있다. 무엇이든, 어떤 느낌이든 그냥 담아두고 싶다. 그렇게 담아 둔 것들이 나를 부식시키거나 닳아버리지 않고 안온함으로 나타났으면 하는 바람을 가진다. 이 글조차 그 많은 말에 지나지 않을 것일진대 어찌 그런 바람이 이루어지랴마는.

다만 슬픔과 분노, 미움 따위의 감정은 물론이거니와 기쁨과 관용, 사랑의 정서까지도 조용히 끌어안은 말없음의 아름다움을 동경하고 예찬할 뿐이다.

(2004. 대구문학 봄호 신작특집)

떨리는 가슴

오른손 가운데 손가락의 손톱부위에 잉크얼룩이 졌다. 기증본을 받은 답례로 몇 줄 글을 쓰고 있는데 손가락에 잉크가 묻은 것이다. 그것은 매우 사소한 일인 듯하나 내게는 낭패였다. 만년필에 문제가 생겼다.

지난봄 백화점에서 무슨 볼일을 끝내고 1층 정문을 향해 무심히 걸어 나오다가 시계가게 맞은편에 있는 만년필진열장을 보게 되었다. 날씬하고 매끈하며 빛이 나는 만년필들을 들여다보는데 가슴이 떨렸다.

집에 와서도 만년필은 뇌리를 떠나지 않았다. 어떤 소중한 대상을 거기에 두고 닿지 못함을 애태우는 심정이 되고 말았던 것이다. 그러한 심경의 바닥에는 아마 싸구려 만년필에 대한 기억이 자리하고 있었을 터이다. 만년필을 처음 갖게 된 고등학교 때부터 손에 잡았던 몇 개의 만년필들을 기억한다.

그때는 그래도 마음먹고 마련한 것인데 만년필은 자주 촉이 갈라지고 손가락에 잉크를 묻히게 했다. 그럴 때마다 무척 실망하였다. 하지만 그런 정도의 만년필이 분수에 맞는 것이었다. 지금 생각하니 싸구려이지 그때는 그나마 가질 수 있다는 데 만족하였다.

다양한 종류의 편리한 필기구들이 나왔고 무엇보다 이 글을 쓰는 지금처럼 PC의 문자판을 두드리게 되면서 만년필을 까맣게 잊고 있었다. 잊고 지냈던 그것을 다시 만나면서 한 시절을 회상하게 되었는데, 단순히 만년필에 관한 기억만이 아니라 몇 가지의 영상이 함께 따라왔다.

걸핏하면 잉크가 새는 만년필로 필기를 하고 편지를 썼다. 잉크가 번져서 공책이 지저분해질까 봐 전전긍긍하였으며 가슴 뛰는 편지를 쓸 때는 한 자 한 자 조심조심 써내려갔다. 그렇듯 몇 개의 장면이 떠올랐고 그 시간 그 공간에 있는 열일곱, 스무 살의 나를 지금의 내가 흑백영상으로 보는 듯한 느낌이 들었다.

무려 삼십 년 저편의 일이다. 백화점에서 만년필을 보고 가슴이 떨렸던 까닭을 알겠다. 놓쳐버린 세월에 대한 그리움, 회귀할 수 없는 시간에 대한 안타까움, 그리고 잃어버린 유형무형의 소중한 것들에 대한 아쉬움이었던 게다. 작고 날씬한 그것이 내내 눈에 밟혔던 것도 이제 도무지 그 무엇으로도 가슴이 떨리지 않는 무디고 나이든 스스로에 대한 연민이 아니었을까.

그런 나를 위로해야했다. 돈을 좀 써야겠다는 생각이 들었다. 그 시절이 매우 그립긴 하지만 더 이상 싸구려 만년필은 사지 않으련다. 자, 욕심을 내보자. 그렇게 스스로를 부추겼다. 그렇기는 하나 '몽블랑'이란 가게 이름이 마음에 걸렸다. 많이 비싸겠지….

김소운 선생의 수필 「외투」의 그 '만년필'을 생각해냈다. 그처럼 깊고 따뜻한 정이 담길 리는 없겠지만 선물로 받고 싶다는 엉뚱한 생각이 들었다. 그에게 만년필을 갖고 싶으니 선물하지 않겠느냐고 물었다.(선물을 청하다니 그게 선물이 되기나 할까?) 그러마고 하더니 잊어버렸는지 감감무소식이었다. 두어 달 뒤에(그제야 생각난 게지) 그가 '파커' 만년필을 내밀었다. 어떻게 알았을까, 교복을 입고 다닐 때부터 내가 갖고 싶었던 게 바로 '파커'였다는 걸.

마침내 자주빛깔의 고운, 뚜껑과 꽂이가 금빛으로 빛나는 그것을 손에 쥐었다. 튜브에 잉크를 채울 때의 충일함과 하얀 종이 위를 미끄러지듯 유연하게 움직이며 글씨를 만들어내는 펜촉의 감촉이 참말로 좋았다. 우습게도 갑자기 멋쟁이가 된 것 같고 낭만적이며 게다가 품격이 높아진 기분까지 드는 것이었다. 그러면서 절대로 잃어버리지 않으리라, 오래 귀하게 여기고 오래오래 간직하리라고 다짐도 하였다.

그토록 특별한 의미로 다시 만난 만년필인데 잉크가 새고 말았다. 그러니 손가락에 잉크가 묻은 것이 결코 사소한 일일 수가 없는 것이다. 판매원 아가씨는 요모조모 살펴보더니 본사에 수리를 의뢰한다면서 만년필을 챙겨 넣고 그 사실을 증명하는 명함크기의 종이 한 장을 달랑 쥐어주었다.

소중한 무엇을 또다시 놓쳐버린 느낌이다. 3주 정도 걸릴 것이라 하였고 이제 13일째다. 마치 그것이 잃어버린 나를 되찾아주기라도 한다는 듯이 기다려진다. 기다리는 동안 가슴은 미세하게 떨리고, 아주 오랜만에 떨리는 가슴이 되어보는 기분이 썩 괜찮다.

(2006. 계간수필 겨울호)

연둣빛 연못

「한 집 한 그림 걸기 정물화전」이 열리고 있다는 봉산문화회관을 찾았다. 연극 포스터가 붙어있는 유리문을 밀고 실내에 들어서니 등받이 없는 긴 소파에는 사람대신 적막이 앉아 있다. 조용하다.

한 시간 가량인 점심시간에 갤러리는 물론 이 골목을 둘러볼 생각이다. 그 생각만으로도 어제 그리고 오늘 오전이 설렜다. 그림을 좋아하나 선뜻 한 점 사서 소장할 형편은 아니다. 화가들껜 미안하지만 감상하는 즐거움만 훔치려 한다.

곧 일터로 돌아가야 하지만 되도록 천천히 그림을 감상할 요량이다. 그림과 마주 서있을 때 묘한 떨림을 느낀다. 때로는 해독 불가한 기호처럼 난해해서 다가서기 어려운 그림에서도 한 마디 말을 전해 듣고 싶다는 집요함이 일어서 가슴이 뛴다. 엘리베이터의 단추를 누르고 휘 둘러보니 로비에는 아직 사람이 없다. 엘리베이터가 3층에 서더니 나를 밀어낸다. 갤러리의 첫 관을 들어선다. 꽃그림들이 전시되어 있다. 작가는 여성이다. 장미, 흰 장미 노란 장미 붉은 장미들을 그려놓았다. 장미들을 그리고 홍매와 맨드라미들을 바라보며 그것을 그린 화가와 그 시간 그 공간을 가늠해본다.

그림 앞에서 나는 대개 눈에 보이는 그림보다 그 그림이 가졌던 시간과 공간 그리고 화가의 마음을 생각한다. 빈 캔버스와 마주 서 있을 때 그는 얼마나 막막했을까. 조용하나 치열한 그 시간, 팽팽한 긴장이 있는 그 공간을 화가는 혼자서 견뎌냈을 터이다. 열정과 희열에 들떠서 몸살을 앓기도 하고 자신을 막아서는 견고한 벽 앞에서 무너지기도 하였으리라. 지독한 고독과 자신을 뒤흔드는 회의, 일탈과 광기는 없었을까.

붓끝에 혼을 담아내야 한다. 아니 붓끝에 혼을 담는다. 마침내 캔버스에는 붉은 장미꽃을 가득 담은 기하학적 문양의 꽃병과 예쁜 차주전자가 놓여서 「행복한 오후」란 제목이 붙게 된다. 그런 밀도 높은 시간을 거치며 탄생한 그림 앞에서 위안을 느낀다. 생면부지의 화가가 내 속에 담긴 또 하나의 영혼이나 인격으로 느껴져서 눈물마저 핑 도는 것이다.

두 번째 방에서 문득 눈길을 잡는 한 점의 그림 앞에 멈추어 선다. 연둣빛 못물에 물풀 몇 잎이 난초의 멋진 곡선으로 휘어져 있고, 그 물풀의 가늘고 긴 잎에 투명한 날개를 가진 잠자리가 보호색을 띠고 앉아있다. 못물도 물풀도 잠자리도 연한 노랑이거나 연두색이다. 적요하다. 그 정경을 바라보고 있노라니 졸음이 온다.

제목이 「나의 연못」이다. 누구에게든 「나의 연못」이란 게 있다면 바로 이런 풍경일 법하다. 고요와 평화가 있는, 투명한 날개를 가진 잠자리가 없는 듯이 존재하는 그런 연못이다. 더할 나위 없다. 잠자리가 보호색이 된 까닭을 알 것 같다. 잠자리는 쉬고 있다. 쉬고 싶은 잠자리는 스스로 연못 빛깔이 되었다. 연못은 말없이 그를 품었다. 작가는 그렇게 한 마리의 잠자리가 되었다.

불현듯 나도 한 마리 잠자리나 한 잎 물풀이 되고 싶다. 생각을 그렇게 하니 한량없이 편안해진다. 화가는 자신이 어떤 미지의 관객에게 이처럼 좋은 시간을 마련해 주고 있다는 걸 알고 있을까. '고맙습니다.' 혼잣말로 마음을 전한다.

점심시간이 끝났나보다. 갤러리에 사람들이 모인다. 건물을 내려오니 로비의 소파에는 종이컵을 든 사람들이 혼자 또는 두셋이 앉아있다. 한 시간 전에 바삐 걸었던 골목으로 나선다. 맑은 햇살이 세상을 적시고 있다. 겨울 속 봄 날씨다. 사람들 발걸음 소리, 낮은 말소리들을 들으며 걷는다.

길을 걸으며 고미술품점, 화랑들, 꽃집, 미술용구점의 유리창 안을 들여다본다. '점포임대' 가 붙은 닫힌 가게의 간판을 흘깃 쳐다보며 어려운 경제도 잠시 생각하다가 마른 가지에 움이 트나 하고 가로수를 올려다보기도 한다.

나는 지금 한가하다. 봉산문화거리를 걸어가며 오후 한때를 보낸다. 그 시간이 십 분이면 어떻고 한 시간이면 어떠랴.

따뜻하고 평화롭다. 오, 그리고 내 눈물과 슬픔까지도 무늬 없이 풀어내서 다만 고요한 몸짓으로만 존재할 연둣빛 연못이 내 속에도 있다는 걸 깨닫는다.

(2007. 에세이21 여름호)

마지막 편지

'이제 이별입니다. 많이 고맙고 많이 미안합니다.'

한 달쯤 전에 책 한 권을 받았습니다. 서간 에세이집 『붉은 유뮈』입니다. 『두시언해』에서 '소식'을 '유뮈'로 번역하고 있다는 설명이 붙어 있었습니다.

위의 첫 문장에서 짐작하시겠지만 이 책은 연서로만 채워져 있습니다. 저자는 '은우'란 이름을 가진 한 여인입니다. 어떤 연유인지 모르지만 그는 한시적으로 고국을 떠나게 되었던 것 같습니다. 머리말도 없이 바로 들어가는 첫 번째 편지의 제목이 돌아온다는 것을 전제로 한 성싶은 '연어가 돌아올 때'입니다. 그 편지의 말미에 '이제 이별입니다. 많이 고맙고 많이 미안합니다.'란 문장이 있습니다. 이별의 말로는 매우 소박하지만 어쩌면 그만큼 더 깊은 마음을 담고 있는가도 싶습니다.

사랑하는 이가 없는 폴란드의 크라코우에서 몇 년 동안 쓴 편지가 책의 내용입니다. 그는 이 서간집으로 탐미문학상을 수상했습니다. '아름다움의 인식은 사상이나 메시지가 아니라 형식과 색채(또는 이미지)에 있다…'고 심사평에서 말했고, 책의 후기에 저자 스스로 '절대적인 사랑과 절대적인 아름다움을 추구했던…'이라고 썼습니다. 어떤 윤리적인 상처나 속박을 배제하고 초월하는 순수의지라고 그의 글을 평할 수 있겠습니다. 무엇보다 깊은 사유와 감정이 절제된 문장에서 그의 지극한 마음을 읽을 수 있었습니다.

책을 읽는 동안 내내 어떤 이미지가, 선명하지 않은 그림이 뇌리에 머물렀습니다. 그러다가 어느 순간 문득 떠올랐습니다. 달맞이꽃 바로 그 꽃입니다. 오래 전 이맘때 2월이 막 끝나갈 무렵 엽서 크기의 종이에 곱게 그려진 '달맞이꽃'을 선물 받은 적이 있습니다. 그것을 사진틀에 끼워서 십여 년이 넘게 서재에 세워 두었지만 꽃의 전설이나 생태에 대해 유심히 생각해 보지는 않았습니다.

그의 편지를 읽고 너무도 잘 알려진 신화 한 토막이 새삼 생각난 것입니다. '달을 좋아하는 요정이 제우스신에 의해서 달이 없는 곳으로 추방되어 그리움을 견디다 못해 죽었다. 제우스신이 그것을 가엾게 여겨 그 요정의 혼을 달맞이꽃으로 피어나게 하였다.' 먼 이국땅은 그에게 달이 없는 곳이었겠지요.

달맞이꽃에게는 달이 곧 생명이며 존재의 이유일 터입니다. 달이 있고 그래서 꽃을 피울 수 있어야 비로소 생명으로

서의 존엄과 가치를 지니게 되는 것입니다. 척박한 땅, 황량한 바람을 마다할 리 없습니다. 그만큼 절박한 사랑이지요. 그리고 꽃말처럼 '가련한 사랑'이지요. 길고 긴 편지를 속울음으로 쓴 그가 마치 달맞이꽃 같아서 애처롭다는 생각이 들었습니다.

지금은 엽서 크기의 종이에 그려진 그 '달맞이꽃'을 가지고 있지 않습니다. 지난 가을에 서재를 정리할 때 밖으로 내보냈습니다. 새삼스럽게 무척 아쉽습니다. 그에게 책을 받은 화답으로 보내고 싶기 때문입니다.

그가 아직 마지막 편지를 쓰지 못한 것 같아서 이 글의 제목을 '마지막 편지'로 붙였습니다. 아무리 아름다울지라도 또한 아무리 슬플지라도 마지막은 있어야 하지 않겠습니까.

(2004. 오래된 약속 봄호)

5부

율도국의 홍길동님께

'하늘 그리기 미술학원' 이란 알록달록한 글씨를 옆구리에 붙인
노란 버스가 지나간다. 하늘 그리기, 기가 막히게 예쁜 말이다.
하늘을 가장 하늘답게 그릴 수 있는 화가는
분명 아이들일 것이다.

내게 아이가 남아있을까

'하늘 그리기 미술학원' 이란 알록달록한 글씨를 옆구리에 붙인 노란 버스가 지나간다. 하늘 그리기, 기가 막히게 예쁜 말이다. 하늘을 가장 하늘답게 그릴 수 있는 화가는 분명 아이들일 것이다.

내게 있었던 아이는 이미 수십 년 전에 떠나가 버렸다. 하지만 나를 형성한 바탕은 그 아이일 것일진대, 아이의 마음이 내게 조금은 남아있지 않을까.

젊었을 때는 아이가 떠난 줄도 몰랐다. 아니 그 아이의 존재에 대해서 생각조차 하지 않았다. 나이가 들면서 자주 아이 생각을 하게 되었다. 어떤 적요의 시간에 내 영혼에 침착된, 심연에 침전된 위선의 얼룩들을 보게 되는데 도무지 그게 나인가 싶어진다. 그럴 때면 무척 쓸쓸해진다.

방금 전화를 받았는데 가까스로 위기를 넘겼다. 전화의 내용이 신경을 몹시 건드렸다. 곱지 않은 말이 입안 가득 고이는 것을 간신히 속으로 밀어 넣은 다음에야 무난한 대답을 할 수 있었다. 얼마나 다행한 일인가. 상처를 만들지 않은 것이다.

이따금 말을 삼키지 못하고 상대방을 향해 쏘아버릴 때가 있다. 그러고 나면 그 정도에 따라서 약간 또는 심한 자책에 시달리게 된다. 그리고 생각하게 된다. 나란 인간은 겨우 이 정도밖에 되지 못하는가. 자책을 넘어 자괴에 이르게 된다.

진정한 의미에서 어른이라 할 수 있을 만큼 나이가 들었다. 나이 듦의 아름다움을 그토록 바랐건만 그런 염원과는 달리 점점 더 편협하고 고집스러워진다. 늘 모자라는 게 관용이란 생각이 든다. 때로 자신이 관대하다고 착각할 때가 있는데 그 또한 냉정하게 들여다보면 나이 꾀가 묻은 타협에 불과했음을 깨닫게 된다.

내게 아이가 남아있을까 라는 질문은 그래서 그 진정성에도 불구하고 낯이 없다. 나의 쓸쓸함이란 것은 그렇듯 현실감이 결여된 것이다. 낯이 없는 채로 지금의 내가 아득한 날의 나였던 아이를 찾고 있다. 그 아이를 문득문득 그리워하고 때로 사무치게 그리워한다.

늘 그렇듯이 하릴없이 앞을 내다보고 있다가 "나는 나는 갈 테야 연못으로 갈 테야/ 동그라미 그리러 연못으로 갈 테야/ 나는 나는 갈 테야 꽃밭으로 갈 테야/ 꽃봉오리 만지러 꽃밭으로 갈 테야"를 나도 모르게 불렀다. 정말이지 꿈에도 생각하지 않았는데 갑자기 입에서 노래가 흘러나온 것이다.

그리고 이 노래 제목이 뭐더라? 친구에게 전화를 걸어 물어 보기까지 했다.

머릿속에서 작은 연못의 정경을 그려본다. 그 포르스름한 못물에 무수한 동그라미를 만드는 이슬비를 생각한다. 채송화 꽃잎에 방울방울 맺히는 이슬비를 눈물겹게 생각한다. 무엇보다 내가 조그만 아이가 되어 거기에 쪼그리고 앉아서 무구한 눈망울로 바라볼 수 없음을 아파한다.

새참 내가는 엄마 뒤를 물주전자 들고 쫄랑쫄랑 따라갈 때 발등을 간질이던 논두렁콩잎이나 강아지풀잎의 촉감을 기억해낸다. 그때 이런 노래를 불렀던 것 같다. "우리 집 강아지는 복슬강아지/ 학교 갔다 돌아오면 멍멍멍" 그 아이가 떠나버렸음을 새삼 깨달으며 햇살이 비낀 오후를 보낸다.

느닷없이 신경이 곤두서서 말이 날카롭게 벼려져 나올 때나, 아직도 온갖 것에 얽매여서 도무지 자유롭지 못할 때, 그 얽매임이란 것이 실은 저급한 욕심이라는 것을 느낄 때, 잃어버린 아이를 생각한다. 얼굴에 땟국이 자르르 흐르지만 두 눈동자는 샘물처럼 맑은 그 아이는 이런 모습의 나에게 남아 있을 수 없었을 것이다. 그 아이를 불러올 어떤 방법도 없다. 그것은 견줄 데 없이 쓸쓸한 일이다.

(2006. 에세이스트 1·2월호 특집)

그럼에도 불구하고

허리가 기역자로 굽은 할머니가 빗자루 길이만한 키로 주차장 구석구석을 쓸고 계신다. 옆 건물 청소하는 할머니다. 할머니의 리어카에는 '안강 찰토마토' '맛좋은 감귤' 따위의 상표들과 빨갛고 노란 과일이 그려진 빈 상자, 박스조각에 쓴 '3000원'이란 가격표들이 무질서하게 담겨있다.

그 헌 종이들은 할머니의 따뜻한 밥이 될까. 그것들이 두부 한 모가 되고 된장에 썰어 넣을 애호박이 될까. 그렇겠지, 그건 정말 고마운 일이다. 리어카는 모퉁이를 돌아가고 나는 김이 오르는 밥상을 떠올린다.

밥상, 눈물 나도록 절실한 낱말이다. 한없이 감사하지만 그 때문에 우리를 거기서 한 발짝도 벗어나지 못하게 하는 올무이기도 하다. 말은 이렇게 하지만 나는 밥의 눈물겨움을 모른다. 미루어 짐작할 뿐이다.

쌀 한 톨 섞이지 않은 보리밥을 안칠 때 아예 소금으로 간을 했었다는, 그러면 반찬이 따로 없어도 되었다는, 그나마 그 밥이 있는 날은 몸이 따뜻했다는 내 짝은 밥의 눈물겨움을 알고 있지 않을까. 그런 학창시절을 보냈던 그는 그 눈물겨움을 뼛속이 저리게 느껴야하지 않을까. 그것은 그러나 '이제는 말할 수 있다'는 기억이 되어버렸다. 지금은 쌀밥을 앞에 두고도 쌀이 좋으니 나쁘니 한다.

지금 여기서 내 것이 아닌 정감들은 어쩌면 거짓일지도 모른다. 배고픔도 고통도 감사함도 내 것이 아니면 그러리라 여기는 추상적 개념에 지나지 않을 터이다.

그럼에도 불구하고 폐지들이 떠올려준 밥상에 마음이 아프다.

글쓰기와 일 사이를 오가며 나의 사유는 조각이 나고 다시 이어진다. 더불어 나의 문장도 흐름이 끊겼다가 되살아나기를 반복한다. 컴퓨터는 내가 부르는 대로 업무용 화면을 밀어 넣고 원고용 화면을 보내준다. 그 사이에 잡념은 사유로 정화된다.

오른쪽 벽에 붙은 텔레비전(온종일 열려있다. 나는 그것을 보기도 하고 듣기도 한다.)에서 남자가 절규하는 음성이 들린다. 돌아보니 낯이 익은 장면이다. 「오시오 떡볶이」란 단막극인데 피한 방울 섞이지 않은 부자가 그 '피'가 섞이지 않아서 미워하지 않을 수 없고, 부대끼며 함께 산 세월 때문에 사랑하지 않을 수 없어서 울부짖고 있다.

그때 보면서 눈물 흘렸던 기억이 난다. 오늘 다시 보는데 눈물이 또 주르르 흐른다. 희극보다 비극이 좋다. 실컷 웃고 나면 허전한데 화면 속의 사람을 따라 푸지게 울고 나면 후련해진다. 스무 살 이후로 종종 난감했던 것은 웃을 공간도 울 시간도 마땅치 않다는 사실이었다.

웃고 싶어서 밤늦게 코미디 프로그램을 보면서 함께 웃어보기도 한다. 때로는 코미디도 난해하다. 내 웃음은 그래서 그들의 웃음에 합쳐지지 못하고 겉돈다. 지독한 사랑이나 다시없을 기구한 이별이 있는 드라마를 보면 정말이지 가슴을 열어놓고 울음을 운다. 너무너무 슬프다. 울다가 문득 나를 보면 화면 속 인물의 슬픔에 내 설움을 얹어서 울고 있다. 아니, 그 누군가의 슬픔 따위는 아예 밀쳐두고 내 설움을 꺼내서 울고 있다고 해야 맞다.

그럼에도 불구하고 내 웃음이나 울음 속에는 늘 사랑하는 사람들이 있다.

서남쪽 그러니까 서해안과 호남지방에 눈이 참 많이도 내렸다. 학교들은 며칠째 휴교를 하였고 농작물 피해는 추산하기도 어렵다고들 한다. 이 지역은 그냥 카랑카랑 차기만 하다. 언제부턴가 눈은 낭만이 아니고 비는 감상의 대상이 아니었다. 나이 탓이기도 하지만 비와 눈이 걸핏하면 지나쳐서 농사를 망치고 도로를 끊으며 삶의 터전을 무너지게 하고 심지어는 목숨까지 앗아가기 때문이다.

여름이면 태풍이 불고 폭우가 내려서 마을을 쓸어가고 겨울이면 무게도 없이 내린 눈이 지붕을 무너뜨려서 그곳에 발 디디고 있는 사람들이 더는 살 수 없을 만큼 절망하게 한다. 나는 바람에 흔들리지 않고 눈비에도 근심 없는 지붕 밑에서 비에 젖는 풍경들을 평화로이 바라보고 겨울이면 함박눈을 기다린다. 그래도 겨울인데 한두 차례 함박눈은 내려야지, 지금도 그런 생각을 한다. 그게 진실이다.

때때로 생각한다, 나는 그 누구의 기쁨에도 진심으로 환호하지 못하고 세상의 어두운 구석에서 겪는 누군가의 고통에도 온전하게 아파하지 않는다고 나의 감정이란 게 늘 어떤 정서들의 언저리에서 어정쩡하게 떠돈다는 생각이 든다. 이를테면 나는 어디에도 속하지 못하고 그렇다고 그 어디에서 완전하게 벗어나지도 못하는 것이다.

그럼에도 불구하고 내 기쁨과 슬픔에는 언제나 세상 한 귀퉁이가 들어있다.

(2006. 에세이스트 1·2월호 신작특집)

해저물녘 정경

할아버지의 머리 위로 담배 연기가 피어오른다. 연기는 피어오르고 흩어지기를 거듭한다. 연기를 보면서 할아버지의 호흡을 느낀다. 지금 내가 바라보고 있는 정경은 매우 평화롭다. 사진작가의 앵글에 잡혔다면 분명 깊이가 느껴지는 작품이 되었음직한 영상이다.

한참을 그렇게 앉아계신다. 그 뒷모습을 바라보고 있노라니 무어라 형언할 수 없는 심경이 된다. 연민과 외경이 혼재된 정감이랄까. 할아버지가 느린 걸음으로 가로수 플라타너스를 지나 바로 내 눈앞에 가로놓인 굵은 쇠파이프에까지 오셨다. 허름한 점퍼, 후줄근한 바지차림에 여름용 중절모를 쓴 할아버지는 손잡이가 둥글게 구부러진 나무지팡이에 몸을 의지하셨다. 얼른 뵙기에도 여든은 넘어 보인다. 찌그러진 쇠파이프가 앉을깨로 마땅치 않을 텐데 거기쯤에서 쉬어 가셔야 했나 보다.

지팡이를 먼저 쇠파이프에 걸쳐 뉘어놓고 그 옆에 앉으시더니 모자를 벗어서 역시 쇠파이프에 얹어 두셨다. 그리고 잠시 호흡을 가다듬으시는 것 같았다. 느릿느릿 점퍼를 뒤적이시더니 담배를 찾으신 게다.

군데군데 녹이 슬고 찌그러진 쇠파이프에 지팡이, 할아버지, 모자가 나란히 앉아서 쉬고 있다. 플라타너스 긴 가지들이 그 오른쪽 앞에서 건들건들 흔들리고 이제 물들기 시작하는 넓은 잎사귀들 사이로 황혼녘의 하늘이 조각조각 보인다. 차도에는 갈 길 바쁜 자동차들이 꼬리를 물고 달린다. 가을날 해저물녘의 한때를 사람과 사물과 나무가 함께 보내고 있다.

할아버지의 뒷모습은 안쓰럽도록 조그맣다. 좁은 어깨와 꾸부정한 등허리에서 세월을 본다. 얼마나 많은 일들이 있었을까. 더러는 벅찬 환희로 가슴 떨었으며 또 더러는 인생의 호된 고비를 만나 좌절하고 절망의 나락에 떨어지기도 했으리라. 그 모든 질곡을 넘어서 오늘에 이르렀다.

나는 '노인', '노파'란 낱말을 좋아하지 않는다. 늙은 사람, 늙은 여자가 결코 나쁜 이름이 아닌데 그냥 그 말들의 느낌이 좋지가 않다. 하여 글을 쓸 때는 언제나 할아버지, 할머니로 표현한다. 물론 혈연이 있는 것은 아니지만 친근함이 느껴지기 때문이다. 노인, 노파에는 아무래도 인간적인 애정이 결여되어 있는 것 같다. 생면부지의 어르신일지라도 그 살아오신 세월을 생각하면 마음이 아리고 경외하는 마음이 되지 않을 수 없는 것이다.

열다섯 걸음이나 될까하는 거리에 할아버지가 계신다. 가깝다. 그런데 그 열다섯 걸음쯤의 거리에 닿으려면 나는 30년을 더 살아야 한다. 그 동안도 숨 가쁘게 살아왔다. 내리막길, 오르막길, 좁은 길, 굽은 길을 얼마나 걸었던가. 무엇이 기다리는지 모를 모퉁이를 몇이나 돌았으며 단애에 선 적은 없었던가. 그런 나를 서른 해나 넘어선 어르신이 저기 계신다. 모르긴 하지만 여쭈어보면 그래도 한 생이 한낱 꿈처럼 짧더라고 하실 터이다.

걸어가리라. 열다섯 걸음 떨어진 저기까지, 신이 허락하신다면 느릿느릿 걸어서 서른 해 세월을 마저 채우리라. 그 무엇이라도, 환희는 물론 질병과 비애까지도 마다하지 않고 다 내 몫이라 여기며 받아 안을 것이다. 다른 글에서 이즈음 나의 시간을 '오후 네 시'라 하였다. 황혼의 시간이 되면 나도 저렇듯 조그마해지겠지. 점점 작아지고 가벼워지는 것도 괜찮겠다는 생각이 든다. 크고 무거운 것들을 내려놓았기 때문이 아니겠는가. 다만 그 오후의 햇살이 내게 자애롭게 내리시길 소망할 따름이다.

담배 연기도 사위었는데 할아버지는 일어나시질 않는다. 무슨 생각을 하실까. 획획 지나가는 자동차들을 바라보며 '어딜 그리 바삐 가는가. 천천히 가도 늦지 않으이.' 그렇게 혼잣말을 하며 정신없이 바쁘게 보내버린, 그래서 정작 소중한 것들을 놓쳐버린 어리석음을 아쉬워하시는 것일까.

어둠이 내리기 시작한다. 가실 길이 얼마나 남았는지 모르지만 따뜻한 밥상이 차려져 있는, 잔소리하는 할머니도 계신, 그리고 아들 며느리 손자와 강아지까지 있는 집으로 들어가셨으면 좋겠다.

(2006. 계간문학예술 가을호)

마침내 환한 아침이 왔을 때

이런 곳에서 하룻밤을 묵으면서 어찌 방안에만 있으랴. 여기에 도착했을 때 이미 어둠이 짙게 내려와 있었고, 시장이 먼저인지라 늦은 저녁밥을 달게 먹었다. 식후경은 당연한 것이다.

목사관(그냥 작은 시골집이다.)에서 몇 발자국 나서니 교회 마당이다. 교회는 상상했던 것보다 더 소박하다. 두 개의 첨탑과 지붕은 다갈색이고 외벽은 흰 페인트칠을 하였다. 어둠 속에서 교회는 하얗게 빛났다. 두 짝의 출입문이 고요하게 닫혀있다. 둘러볼 것도 없이 한눈에 들어오는 마당은 그것이 본시 기억 속에 있었던 양 낯익고 친밀하다.

미황색 외등 하나가 외롭게 서서 마당을 밝히고 있다. 그 곁에 가지를 넓게 뻗은 키 큰 목련이 서있는데 희미한 불빛에 반사된 하얀 꽃송이들이 밤하늘과 대비되어 신비하기까지 하다. 떨어져 흩어진 꽃잎들이 검은 마당에 몽환적인 무늬를 그려놓았다. 내가 분홍빛 뺨을 가진 순결한 소녀라면 어여쁜 처녀라면 이 봄날에 '목련꽃 그늘 아래서 베르테르의 편지'를 읽고 싶다. 산골의 작은 교회와 목련 그리고 나무에 기대앉아서 책을 읽는 순결한 영혼, 그 정경을 상상해보는 것만으로도 가슴이 뛴다.

낮은 벽돌담장 안 귀퉁이에 종탑이 서있다. 이미 오래전에 소리를 잃어버린 성싶은 낡은 종은 세월을 잊은 채 적막에 묻혀있다. 하지만 나는 종소리를 기억한다. 오늘 처음 마주한 낡은 종이지만 성당이나 예배당에서 들려오던 아득한 유년의 그 종소리, 가슴에 스미어들던 그 은총의 소리를 아직 망각하지 않은 것이다. 그래서 이 밤 기억의 저편에서 울려 퍼지는 종소리를 듣는다.

담장 밖 길섶의 벗나무에 벚꽃이 만개해있다. 4월 초순에 화르르 떨어져서 놓쳐버린 벚꽃을 예서 또 만난다. 봄꽃은 발걸음 속도로 북상한다고 하니 대구에서 예까지 걸어온다면 벚꽃을 달포는 즐길 수 있겠구나. 계곡이 가까운가보다. 콸콸콸 물 흐르는 소리가 난다. 숲속 어디에선가 소쩍새가 정말이지 '소쩍소쩍' 울어댄다. 물소리와 새소리가 있어서 산촌의 밤은 오히려 더 고요하다.

잠자리에 들까 하다가 문득 발아래 흩어져있는 목련꽃잎들 앞에 쪼그리고 앉는다. 피어있을 때의 고아한 자태에 비해서 이울 때의 몰골이 유난히 추레해서 이따금 아름답지 못한 뒷모습에 비유되곤 하는 꽃이다. 그 안쓰러움을 위로라도 하듯 한 잎 한 잎을 주워서 만져보고 뒤집어본다. 그러다가 아직도 성한 것들을 나란히 늘어놓으니 그게 조그만 발바닥 형상으로 보인다. 두 장씩 마주보게 하니 영락없는 아기발 모양이다.

이건 필시 아기천사의 발자국이다. 그렇구나, 이리도 깊은 밤에 아기천사들이 교회 앞뜰을 아장아장 걸어 다니고 있구나. 그리 생각하고 보니 하도 그럴듯해서 발자국 모양의 꽃잎들을 나란히 또는 유희를 하듯이 원형으로 늘어놓고 혼자 좋아서 웃음 짓는다. 마당을 뛰어다니고 날아다니는 아기천사들을 생각하며 방으로 돌아온다.

오후 다섯 시에 갑자기 마음을 먹었고 동대구터미널에서 여섯 시에 고속버스를 탔다. 영주터미널에서 마중 나온 분의 승용차로 지방도로를 사십여 분 달리고 좁은 마을길로 접어들어서 또 한참을 온 끝에 이곳에 도착하였다. 내일 있을 교회의 행사에 목사님의 친척으로 참석할 참이다. 형편이 여의치 않아서 접고 있다가 나로서는 드물게 용기를 낸 것인데 이토록 좋은 밤이 마련되어 있었다니 고맙기 이를 데 없다.

밤이 이슥해졌다. 칼칼한 호청을 입힌 오래된 양단이불의 촉감이 정말 좋다. 이런 이부자리는 대체 얼마만인가. 내 장롱 속에 부피감으로만 들앉아있는 혼수 이부자리 생각이 난다. 잊고 있었던 촉감이다. 이 또한 싸한 기꺼움이다. 예사롭지 않은 바람소리가 애써 청하는 잠을 쫓아내더니 우르르 쾅쾅 소리가 나고 창문에 푸른 섬광이 번득인다. 자연스레 떠

오른 시가 있어 달아난 잠이 아쉽지 않다. 소쩍새가 울고 천둥이 울었으니 '한 송이의 국화꽃'은 피고야 말리라.

차라리 밤을 새우리라. 언제 또 이런 밤을 보낼 수 있겠는가. 나는 지금 가난한 밤을 보내고 있다. 겸손한 밤을 지새우고 있다. 마침내 환한 아침이 왔을 때 진실로 가난한 영혼이 되어있으면 좋겠다. 그리하여 천상에서 지상으로 쏘아주는 맑은 햇살에 몸과 마음을 적시고 싶다. 지난 밤 왔다간 아기 천사들을 생각하거나, 낡은 종과 나이 든 내가 기억하고 있는 종소리를 들으며 꽃들과 나무들에 둘러싸인 작은 교회를 오래 바라보고 싶다.

그러나 이 밤이 길고 길어서 그 아침이 더디고 더디게 왔으면 더욱 좋겠다.

(2007. 현대수필 가을호)

병든 나무의 노래

나무는 까맣게 타서 죽은 듯이 서있다. 원줄기와 가는 줄기는 물론 성긴 잎사귀들까지 까맣고 동글동글한 벌레들을 잔뜩 뒤집어 쓴 채 바로 옆 은행건물을 기대고 비스듬히 서 있다. 원줄기가 가는 팔뚝 굵기 정도인 나무는 '감나무'라는 이름이 민망할 만큼 약골이다.

그럴 수밖에 없는 것이 그가 살아가는 곳이 주차장의 다단식주차기 뒤에 조경용으로 만들어진 좁은 화단이기 때문이다. 게다가 삼면이 건물로 막히고 서쪽으로만 겨우 숨통이 틔어있다. 땅속 깊이 뿌리를 내리기에도, 양껏 햇빛을 받기에도 마땅치 않은 척박한 환경이지만 나무는 장하게도 키를 키우고 나이테를 감아왔을 터이다.

오월 초던가. 햇살 고운 날 황백색의 자잘한 꽃이 나뭇가지의 겨드랑이마다 피어있는 것을 보았다. 파란 감들이 작은 밤톨 만하게 달려있는 것도 보았다. 하도 귀해서 세어보았다.

스물세 개….

　가을은 깊을 대로 깊어서 하늘이 아득히 멀어졌다. 점심시간에 하염없이 그 하늘을 바라보고 있는데 문득 실내공기가 답답하게 느껴졌다. 밖에 나와 서성거리다가 주차장 구석에 있는 나무 앞에까지 간 것이다. 그리고 나무를 다시 유심히 보게 되었다.

　나무의 몰골이 참으로 말이 아니다. 바로 옆 단풍나무나 라일락도 바스락하니 윤기는 없어 보이지만 그런대로 제 삶을 꾸려가고 있는 듯하고, 화단 뒤 담벼락에는 담쟁이도 제법 당차게 덩굴을 이어가고 있는데, 유독 감나무만이 온통 새까맣게 병든 모습이다.

　목숨을 다한 형국이나 굳이 죽은 나무라 하지 않고 병든 나무라 한 것은 그가 명색 서 있다는 것이고, 병으로 하여 검고 두꺼워진 잎이나마 아직 건사하고 있기 때문이다. 그리고 무엇보다 그가 목숨을 이어가기를 바라는 까닭이다.

　그의 심경을 헤아려본다. 그는 살고 싶어 한다. 제 몸보다 더 무거울 듯싶은 병색을 띠고 가까스로 서 있는 양이 그런 생각을 하게 한다. 나무는 죽어서도 스스로 눕지 못한다. (바로 눈앞에 있는 또 다른 화단에 죽은 소나무가 몇 해째 서 있다. 그 나무를 눕혀주고 싶다.) 그러니 눕지 않았다고 살았다할 수는 없으나 그는 분명 살아서 서 있다. 살아있을 뿐 아니라 병마를 이겨내려고 혼신의 힘을 다하고 있는 것이다. 그의 몸에서 숨결이 느껴진다. 나무 곁에서 나는 귀를 열고 마음을 연다. 세포

하나하나가 살아나는 소리를 들을 참이다. 나무의 몸속을 흐르는 물소리가 들리는 듯도 하다. 환청인가. 아닐 것이다.

무릇 생명은 '성할 때나 병들었을 때'나 그 본분을 잊지 말아야 한다. 비록 병고로 점철되었다 할지라도 목숨은 그게 목숨인 것만으로도 충분히 아름답다. 하여 마지막 호흡에 이르기까지 한 번 또 한 번 달게 마시고 뜨겁게 내쉬어야 한다. 그것을 놓아버리면 지난날들의 아름다운 추억도 사라져버리고 내일의 찬란한 빛도 맞이할 수 없기 때문이다.

그렇다고는 하나 고단하게 생을 이어가는 나무에 대해 나는 어떤 대안도 가지고 있지 않다. 우선 건물의 주인이 아니다. 당연히 나무는 나에게 속해 있지 않다. 아무 권한도 없으며 화단 주인에게 알량한 제안을 할 주제도 못된다. 나무에 대한 이런 태도는 내 약국을 찾는 수많은 환자들에게도 비슷하게 나타난다.

그들의 대부분은 대체로 경미한 환자들이지만 도대체 어떻게 해볼 방도가 없는 딱한 경우도 없지 않다. 의학적, 인간적, 물질적으로 거의 버려져 있지만 내 능력 밖이다. 하여 그들이 병고를 이겨내기를 간절히 염원할 뿐이다. 그것으로 손을 씻는다.

나무는 지금도 척박한 땅속에서 한모금의 물을 힘껏 길어 올리고, 옆구리를 후려치는 바람을 쓴 약처럼 마시고 있다. 그리하여 나무는 있는 힘을 다해 소리를 낸다. 몸속을 흐르는 수액의 음성으로 'ㅈㅈㅈ' 'ㄹㄹㄹ' 삭신을 휘감는 바람

의 목소리로 'ㅇ ㅇ ㅇ'. 그것은 나무의 노래이다. 삶을 예찬하
며 부르는 병든 나무의 노래이다.

　노래는 여리고 애잔하나 간단없이 이어져서 다시 작디작
은 꽃병 모양의 하얗고 노란 꽃을 피울 터이다. 동병상련의
마음으로 나무의 노래를 따라 부른다. "ㅈ ㅈ ㅈ, ㄹ ㄹ ㄹ, ㅇ
ㅇ ㅇ."

(2006. 창작수필 가을호)

내일은 떠나야겠다

목이 말라 새벽에 몇 차례나 잠에서 깼다. 물로 목을 적시고 다시 잠이 들기를 거듭하는 동안 투명한 아침 햇살이 우윳빛 창에 노랗게 물이 든다. 잠자리에 남은 나른함이 좋다. 얇은 이불의 보드라운 촉감을 즐기며 게으름에 몸과 마음을 맡긴다. 이대로 한동안 더 있고 싶다. 마음대로 할 수 있는 온전한 하루가 시작된 것이다.

뜻하지 않게 한 주일의 휴가를 갖게 되었다. 한 주일이라니, 그런 일이 생기다니. 한 주일 동안 무엇을 할 것인가를 생각하지 않으련다. 무엇을 안 할 것인가를 생각해야 하기 때문이다. 무엇인가를 끊임없이 하지 않으면 안 되었다. 시간을 잠시도 그냥 흘러가게 내버려두지 못한다. 그렇게 습관이 되어있다. 천장을 보면서 생각한다. 무엇 때문에 늘 바쁜가. 무엇을 좇아서 신발이 찢어지고 발이 아프도록 헤매고 있는가.

'생각'조차도 하고 싶지 않은데 온갖 상념들이 머릿속에 들어차고 물러났다가 또 밀려든다. 언젠가 글로 쓴 적이 있다, 사흘 낮 사흘 밤을 읽고 쓰고 싶다고 이제 이 문장을 수정한다. 사흘 낮 사흘 밤을 먹고 자고 싶다. 그러니까 아무 것에도 매이고 싶지 않은 것이다. 아무 일도 하고 싶지 않은데, '먹고 자고 싶다'에서 당장 '먹고'에 걸려든다. 뭔가 먹어야겠지. 먹는 것이야말로 가장 원초적이면서 처절하리만큼 절대적인 명제가 아니던가.

결국 일어나고 만다. 전화기가 울리고 있기 때문이다. 온전한 하루가 깨어지는 순간이다. 주변으로부터 자유로울 수가 없다. 보이지 않은 끈에 묶이어 있다. 같이 점심을 먹고 그림전시회에 가자고 한다.

먼저 일어난 남편이 텔레비전을 켜놓았다. 함께 앉아 시청을 한다. 대졸 실업자가 파출소에서 경찰로부터 총을 빼앗아서 난동을 부린다. 대학 졸업하고 군대도 갔다 온 건장한 청년인데 이태째 실업상태란다. 내성적인 그는 현실에 짓눌렸고 마침내 그런 식으로 폭발했다. 그는 유죄인가. 이 아침 그 청년은 나에게 얼마간의 책임을 물었고 나는 거기로부터도 편안하지 못하다.

창밖을 내다본다. 흐린 날씨다. 하늘이 낮고 그래서 그 아래 펼쳐진 동네 집들, 나무들, 먼 산 능선까지 낮게 가라앉은 것 같다. 월요일인데, 한 주일이 시작되어서 생동감 있게 돌아가는 주초인데 세상은 생각보다 조용하다. 내가 조용해서

인가. 내가 고요하면 세상도 고요하다. 소란스러움은 나에게서 나온다.

보슬비가 내린다. 느티나무 소나무 배롱나무가 젖는다. 젖은 땅 위, 비를 마다않고 자전거 타는 아이가 있다. 넓지 않은 공간에 난 둥근 길을 돌고 또 돈다. 역시 아이는 언제 봐도 어여쁜 존재다. 힘이 난다. 베란다에 널린 빨래들을 걷어서 개킨다.

전시회, 나무와 꽃을 소재로 한 그림들이다. 꽃은 점으로 나무 둥치와 가지는 굵고 가는 선으로 이미지화된 담백한 느낌의 그림들이다. 전시회장에서 나는 대개 비슷한 생각을 한다. 빈 캔버스 앞에서 화가는 길고 긴 떨림의 시간을 가졌겠지. 붓끝에 물감이 아닌 혼을 적시는 힘든 창작의 과정이 있었겠지. 저 그림처럼 참한 글 한 편 썼으면. 오늘도 그런 속말을 뇌면서 그림 앞에 한참을 서 있다. 피곤하다. 가서 한잠 자야겠다. 오늘은 마음껏 게을러보자고 작정한 날이다.

좀 오래 전에 신문에서 날갯짓하는 비둘기 새끼의 사진을 보았었다. 그 사진의 제목이 「내일은 떠날 거야」였다. 비둘기는 아직 날개가 덜 여물었다. 창공을 날아본 경험이 없다. 그에겐 희망이 있다. 둥지를 떠나고 어미 품을 벗어나서 독립된 개체로서 그 자신의 삶을 열어나갈 것이다. 바야흐로 그 첫 날갯짓을 시작하려 하고 있었다.

나에게 그런 희망이나 창창한 미래가 있는 것은 아니다. 하지만 내일은 떠나야겠다. 사흘낮밤을 먹고 자는 것도 자잘한 일상에 걸려서 마음대로 되지 않는다. 이 한 주일을 아무 것도 안 하기로 했으니 읽고 쓰기도 외면하련다. 멍하니 있고 싶은데, 참으로 멍청하게 있고 싶은데 도무지 그럴 수 없으니 떠나야겠다. 사진 속의 비둘기처럼 어리지도, 하다못해 젊지도 않지만 날개를 펴보고 싶다. 이미 힘차지도 않은 고단한 날개나마 한껏 펴고 햇빛 속으로, 바람 속으로, 풍경 속으로 날고 싶다. 그러다가 어느 낯설고 조용한 곳에서 맑은 개울을 만나면 지친 발 담그고 먼 산이나 바라보리라, 하염없이.

그리고 다시 돌아오련다. 이 방에 고인 평화와 이불의 보드라운 감촉을, 둥지의 안온함을 뼈저리게 알고 있기 때문이다.

내일은 떠나야겠다.

(2004. 문학춘추 가을호)

생명

　아기 사진, 신문에 게재된 아기 사진을 보는 순간 어떤 떨림이 왔다. 사진전에서 금상의 영예를 차지했다는 그 흑백사진은 아직 눈도 뜨지 않은 갓난아기가 어른의 팔에 얹혀서 평화롭게 잠자는 모습을 담고 있었다. 아기는 명(明), 배경은 암(暗), 마치 캄캄한 우주 저편에서 한 점 빛이 생겨나 가슴에 와 안기는 것 같았다.

　아기는 누군가의 손바닥에 작은 얼굴을 모로 누이고 한 손을 턱에 댄 채 엄마 뱃속에서처럼 오그리고 잠을 잔다. 그런데 'ㄴ' 자 모양으로 펴고 있는 어른의 팔오금까지도 닿지 않을 만큼 아기는 조그맣다.

　아직은 제 이름이 아닌 엄마 이름의 발목 명찰을 단 아기, 쭈글쭈글 주름이 사진에도 보이는 갓난아기는 그러나 어여쁨의 극치였다. 이 사진의 제목이 「세상 속으로의 초대」이다. 한 조그마한 아기가, 순백의 한 영혼이 초대되었다. 세상은 그만큼 아름다워졌다.

방금 이 세상에 초대된 한 생명을 만나러 신생아실 앞에 와있다. 얼굴만 내놓은 채 온몸을 강보로 감싼 아기들이 바구니에서 쌔근쌔근 잠을 잔다. 어쩌면 저렇게들 조그마할까. 간호사가 아기를 안고 와서 창문 가까이 다가선다. 머리숱이 제법 많구나. 눈두덩이 소복하니 부어있네.

아, 눈을 뜬다. 아기가 눈을 뜨고 도무지 무언지 알 수 없는 커다란 세계를 고 작은 눈으로 바라보는 것이다. 그러다가 온 얼굴에 주름을 잡으며 하품을 한다. 문득 오래 전 내 아기를 처음 안았을 때의 환희가 되살아난다. 그 첫 만남을 잊을 수가 없다.

이 아기는 조카의 둘째 아이다. 그러니까 내게는 손자뻘이 된다. 산모에게 불안한 요인이 있어서 병원에 입원한 채로 여러 달을 버티었다. 그래서 출산은 초긴장 상태에서 이루어졌다. 산모와 아기가 잘 견뎌주어서 여간 고맙지가 않다. 아기의 무사한 탄생은 제 부모는 물론이거니와 나한테까지 눈물겨운 기쁨을 안겨주었다.

젖은 눈으로 아기를 바라보고 있노라니 문득 발 모형 배지가 생각난다. 10주된 태아의 실물크기 발 모형 배지를 한동안 달고 다녔었다. 두어 달 남짓 자란 태아의 발은 참으로 작다. 그토록 작은 발이 조금만 더 자라면 엄마 뱃속을 떠다니며 톡톡 발길질을 해댄다. 미지의 세계를 노크하는 아기의 발길질을 생각하며 웃음을 지었었다.

「세상 속으로의 초대」란 아기 사진을 본다. 간호사에게 안긴 채 유리를 통해서 만난 아기를 생각한다. 안아보지는 못했지만 그 여린 살갗의 촉감을 나는 알고 있다. 아기가 숨을 내쉴 때마다 묻어 나오는 젖 냄새도 느낄 수 있다. 매 순간 아기들이 태어나고 있지만 어떤 태어남도 일상사는 아니란 생각이다. 한 아기가 태어나는 것, 그것은 기적이며 신비로운 신세계의 열림이다.

저를 초대한 세상을 아장아장 뒤뚱뒤뚱 걸어 다니는 아기들을 떠올리면 그렇게 기분이 좋을 수가 없다. 아기는 정녕 복된 존재이다.

(2003. 현대수필 겨울호)

율도국의 홍길동님께

 님은 마침내 왕이 되었습니다. 일국의 왕을 저는 '님'이라 부릅니다. 님이 살던 시대로부터 수 세기가 지나고 밀레니엄(이 용어를 이해하실지 모르겠습니다만)이 바뀌었습니다. 그 사이 님이 그토록 진저리를 치던 적서차별은 물론 신분차별이 없어졌습니다.

 제가 님을 님이라 부르는 것('아버지를 아버지라 부르지 못하고…'라고 절규했던 님이 연상됩니다)은 충성스런 신하가 임금을 향한 그리움을 필설로 표현할 때의 그 '님'이 아닙니다. 또한 가슴에 품은 고운님을 뜻하지도 않습니다. '님'은 이제 모든 이에게 공평하게 붙이는 경칭으로 두루 통용되고 있습니다. '공평하게'란 말을 님이 기뻐하리라 생각합니다. 대통령이나 일개 시민이나 똑같이 님으로 경칭된다면 놀라시겠습니까? 그럴 테지요. 님이 통치한 율도국도 이처럼 공평하지는 못했을 테니까요. 율도국의 왕이신 님을 님이라 부르는데 대한 사설이 길어졌습니다.

홍판서의 서얼로 태어난 님은 일찍이 아버지를 아버지라 부르지 못하고 형을 형이라 부르지 못한(님에게는 사무치는 서러움이었겠으나 그것을 모르는 이 시대 사람들은 흔히 드라마나 코미디에서 그 대목을 패러디하면서 웃기까지 합니다) 한(恨)을 가슴에 품은 채 집을 나와 도적의 소굴로 들어가서 그 우두머리가 되고 군법을 세웠습니다. 조선팔도를 다니며 불의로 모은 탐관오리들의 재물을 탈취하여 빈민을 구제하였습니다. 님은 호풍환우(呼風喚雨)의 술법과 둔갑법, 축지법을 행하고 일곱 가짜를 만들어 팔도에 여덟 홍길동이 동시에 나타나는 도술을 부려 임금을 혼비백산하게 만들었습니다.

님의 동시다발 출현은 참으로 인상적이어서 이 시대 각 관공서는 물론 각종원서 등 수많은 서식에 족히 수백의 홍길동이 그 이름 석 자로 동시에 살아나 있습니다. 역사 이래 이토록 오래 그리고 널리 이름을 남긴 사람도 드물 것입니다. 다만 유감인 것은 님이 꼼짝 못하고 탁자 유리 밑 보기용 서식에 갇혀있다는 사실입니다. 아마 오늘날의 관공서도 님이 무서워서 그리 가둬놓은 게 아닐까요. 지금도 여전히 세상 구석구석 독버섯으로 자라고 있는 부정부패는 그때 님이 벼슬아치들의 불의를 다 바로잡지 못하고 서둘러 해외로 나간 까닭이 아닐는지요.

말이 나왔으니 말입니다만 님이 해외의 율도국으로 간 사실은 무척 아쉽습니다. 님이 조선팔도를 들쑤시며 나라를 뒤흔들었기에 님의 아버지는 병을 얻고 가문은 멸문지화의 위협에 놓였습니다. 효를 저버릴 수는 없었던 게지요. 님은 '호부호형'을 허락 받았고 게다가 조건으로 내세운 병조판서에 오르면서 그간의 행적을 마무리했습니다. 한풀이를 다하신 게지요.

서얼들의 위상제고를 위한 어떤 약속을 받아 내거나 가난한 백성을 구제하기 위한 제도적 뒷받침을 마련했던 것 같지는 않습니다. 그 점 후대의 한 사람으로서 조금 섭섭합니다. 물론 님은 개인이었고 한 아비의 자식이었기에 그 행함에 있어 한계가 있었으리라 이해합니다. 하지만 님이 누구입니까. 초인(超人)이 아닙니까. 허수아비에 혼을 불어넣어 진짜와 구별되지 않는 가짜(장차 복제인간이 등장하게 될지도 모르겠습니다만 그건 과학이지 도술은 아닙니다)를 동시에 출몰하게 하는 도술을 자유자재로 부리지 않았습니까. 기왕에 초인으로 등장했는데 나라를 제대로 바꾸시지 그랬습니까.

님은 그러나 못다한 꿈을 실현하기 위해 율도국을 쳐서 스스로 왕이 되었습니다. 율도국은 이 세계에 존재하지 않는 이상향이라지요 '왕이 나라를 다스린 지 삼년에 산에는 도적이 없고 길에서는 떨어진 물건을 주워 가지지 않았으니'란 율도국은 태평세계였습니다. 과연 그러했을 것입니다. 단지 그 나라가 조선이 아닌 것이 못내 서운합니다.

님은 두 부인(후대에 와서 일부일처제가 법제화되었습니다)에게서 자녀를 보았는데 님이 당한 설움을 둘째부인 소생에게 대물

림하지는 않았는지요. 사람 마음이 예나 지금이나 그리 다르지 않을 것이기에 행여 어느 자녀가 님 못지않은 한으로 가슴을 저몄을지도 모른다는 쓸데없는 생각도 해보았습니다.

제가 좁은 소견으로 님에게 장문의 글월을 올리면서 군데군데 아쉬움을 표현한 무례함을 용서하시기 바랍니다. 다만 스스로의 한을 푸는데 그치고 이 나라를 떠났던 것이 비단 님의 책임이기만 하겠습니까. 15세기에 태어나서 한 시대를 풍미한 님을 17세기의 한 문장가가 소설에 불러냈기 때문이며, 님이 그 시대의 부정부패를 좀 더 철저하게 타파하지 못한 것은 님보다, 작가의 역사적 사상적 한계 탓이 아니겠습니까.

제가 사는 이 시대도 부정부패가 만연한 터여서 율도국 같은 이상향이 무척 그립습니다. 선거철만 되면 자천타천의 지도자들이 사방팔방에 홍길동님처럼 나타나서 '율도국'을 약속하는데, 도무지 그런 나라가 되지 않는 것을 보면 그들에게도 님 또는 허균님처럼 어쩌지 못할 사정이나 한계가 있는 것이겠지요. 노여워하지 말아 주십시오 님과 그들을 동일시하는 것이 결코 아닙니다. 어쩔 수 없었겠지, 라고 생각지 않고서는 그 중 몇몇은 도저히 이해할 수 없기 때문입니다.

아무튼 역사나 소설에서 익히 들어온 수많은 영웅들 중에서 님이 가장 친근합니다. 님의 이름은 '서식'에서나마 길이 남아서 대대손손 백성들을 떠나지 않았으며, 덕분에 백성들은 운명을 주체적으로 개척해나간 영웅 홍길동에게서 희망을 배웁니다. 그 점 깊이 감사드립니다.

후대의 백성 아무개 올림

(2006. 수필시대 11·12월호)

6부

빗살무늬토기를 꿈꾸며

그 길, 황홀하도록 아름다워서 오히려 처연하기까지 하던
그 길을 천천히 걷는데 가슴이 아려왔다.
길에는 언제나 걷고자 하는 열망에 비례하는
아픔과 고뇌가 깔려 있다는 것을
문득 깨달았던 것이다.

나는 지금 그 길 위에 있다

쌍계사 십리 벚꽃 길을 걸어보겠다고 마음먹었다. 그게 욕심이었는지 그 사흘 전에 발을 다쳤다. 몇 땀 꿰맨 부담이 여간 아니어서 포기할까 하다가 강행하였다. 과연 벚꽃 천지였다. 환하게 열린 꽃의 터널을 그러나 마음껏 걸을 수는 없었다. 절뚝거리면서 더디게 걸었다. 발이 몹시 아팠다.

그 길, 황홀하도록 아름다워서 오히려 처연하기까지 하던 그 길을 천천히 걷는데 가슴이 아려왔다. 길에는 언제나 걷고자 하는 열망에 비례하는 아픔과 고뇌가 깔려 있다는 것을 문득 깨달았던 것이다.

수필에 대한 나의 열정이 그렇다. 수필이란 길을 걸으면서 늘 발이 아팠다. 통증이 심하면 그만 걸어도 좋으련만 물집이 잡히도록 걷고야 만다. 뒤돌아보면 까마득하다. 아득한 날 우물가에 쪼그리고 앉아 감꽃 목걸이를 만들었던 아이, 반짝이는 잎사귀 사이로 눈꽃처럼 피어있던 감꽃에 홀려 목이 아프도록 올려다보던 꼬맹이, 그게 나였다. 아름다움이 무엇인지 슬픔이 무엇인지를 어렴풋이 깨닫던 맨 처음의 그 감성이 훗날 나에게 원고지를 가져다주었을 것이다. 글쓰기는 그래서 내가 살아가는 방식이 되었다. 겨운 걸음 탓에 가끔은 남루해진 자신을 발견하지만 결코 주저앉고 싶지는 않다.

'수필 쓰기를 통해서 존재하고자 했고 깊어지고 싶어 했다.' 라고 두 번째 수필집 책머리에서 말했다. 내게 있어서 글쓰기는 '노래 또는 속울음'이라고 쓴 적도 있다. 그 말들은 진실이다. 치열하게 썼다. 그 또한 진실이다. 수필을 쓰면서 '내가 있음'을 확인한다. 그리움, 사랑, 고뇌, 한(恨), 그런 정감들을 수필로 풀어내면서 노래하고 때로 속울음을 운다. 그러기에 문학적 성공 여부와는 별개로 수필에 대해서 진지하고 치열할 수밖에 없다.

나는 늘 무엇인가가 그립다. 아득한 유년의 뜰이 그립고 그 마당의 우물가에서 두레박질을 하던 젊은 어머니가 그립다. 이제는 멀어져간 순진무구했던 날들이 그립고 사라져간 모든 소중한 것들이 그립다.

나는 온갖 것들을 다 사랑한다. 물무늬 잔잔한 못물과 그 못가에 서 있는 나무를 사랑하고 세계를 향해 열려있는 바다를 사랑한다. 무엇보다 사람을 사랑한다.

나는 이따금 몹시 아프다. 인간의 근원적인 고뇌와 살아가

면서 맞닥뜨리고야마는 슬픔 때문에 가슴 저미는 날이 적지
않다.

　몇 해 전에 쓴 「나의 문학, 나의 21C」의 한 단락이다. 이렇
듯 작은 것이 내 정서의 편린들이다. 그렇다. 조약돌, 봄꽃,
어린 동재, 경로당과 놀이터가 있는 풍경 따위에 마음이 붙
잡히곤 한다. 내 서정의 뜰에는 순서도 없이 들어온 그런 '체
험'의 '느낌'들이 묵고 있다. 대개는 오래 머물러서 나를 뒤채
게 한다. 그것들이 내는 온갖 소리들 때문에 머리가 지끈거
리고 가슴이 찢어지기도 하며 때로는 환희에 휩싸이기도 한
다. 그렇기는 하나 '의미'를 찾아내지 못하면 문장이 되지는
못한다. 또 틀 짜기가 되지 않아서 글을 시작하지 못할 때도
있다.
　다행히 글감에서 의미를 얻어내고 틀 짜기가 되면 글을 쓰
기 시작한다. 서두를 끄집어내지 못해서 멈칫거리곤 하지만
거기에서 놓여나기만 하면 대체로 편하게 글줄이 이어지는
편이다. 정작 어려운 작업은 퇴고다. 한 개의 낱말, 한 줄의
문장에 묶여서 꼼짝 못하기 일쑤고 의도하는 바가 제대로 형
상화되지 않아서 전전긍긍한다. 그런 과정을 거친 결과물로
서의 글이 마음에 차지 않을 때 정말이지 곤혹스럽다.
　수필이 예사롭게 폄훼되고 있는 현실에 내가 보탬이 되고
있을지도 모른다는 자의식은 참으로 뼈아프다. 하지만 앞에
서도 말했듯이 수필쓰기를 통해서 '내가 있음'을 느낀다. 나

아가지도 물러서지도 못하는 처지에 서 있는 심경이다.

　여기에 세 편의 글을 올렸다. 연작 중에서 한 편씩 골라보았다. 「길 1」 「바다에서 7」 「사(死)」 나란히 펴놓고 보니 그 속에 한 줄기 길이 나 있다. 「길1」은 곧거나 굽은 또는 오르막이거나 내리막인 삶을 살아가는 일이 만행(卍行)과 크게 다르지 않으며, 지금 그 길 위에 내가 서 있다는 인식을 표현한 것이다. 「바다에서 7」에는 폐선을 바라보는 심상이 그려져 있다. 아직은 치열한 삶의 현장에 있는 나는, 할 일을 다 마치고 지난날들을 회상하며 앉아있는 폐선의 고요가 부럽다고 하였다. 그 고요에 숨어있을지도 모르는 고독은 애써 외면하였다. 「사」는 생, 노, 병, 사 중의 마지막 편으로 제목은 서로 다르지만 한 줄에 꿰인 다른 의미에서의 연작이다. 살아왔음, 그 끝으로서의 죽음은 말 그대로 영면(永眠)이라는 사유(思惟)를 서술한 글이다. 세 편의 글이 그렇게 연결되어진다.

　나는 대체로 줄거리가 없는 그러니까 일인칭 화자의 서술로 엮어 가는 글을 많이 쓰는 편이다. 위의 글들이 그렇듯이 좀 재미없고 무겁다. 다양한 빛깔과 무늬 그리고 맛을 생각해야 한다. 그러기 위해 내용에 서사적 장치를 하거나, 시각적 효과를 생각해서 구성에 변화를 시도하는 등 나름대로 고민하고 있다.

　'체험'에서 비롯되어진다는 명제를 안고 있는 장르적 특성 때문에 수필은 흔히들 그 작가의 인품과 다르지 않다고 한다.

자신의 삶을 다른 것으로 각색할 수 없듯이 글도 마찬가지다. 삶에서 건져 올리는 크고 작은 슬픔과 기쁨을 한 줄 글로 빚기는 하되 그것이 무에 그리 빼어나서 자신의 깜냥을 뛰어넘을 수 있겠는가. 답답하지만 그것이 오늘 나의 한계이고 넘지 못할 벽이다. 그런 대로 삶의 길, 그와 많이 닮은 수필의 길을 아프고 더디게 걸을 생각이다.

(2003. 생각과 느낌 여름호 특집)

수필에게, 나에게

미용사가 머리를 자르는 동안 거울 속 얼굴을 유심히 보았다. 낯익은 그리고 낯선 내가 거기에 있었다. 피로하고 우울해 보였다. 무엇보다 소란스러움이 묻어있는 표정이었다. 얼굴은 참 정직하다. 글쓰기에서 궁극적으로 얻고 싶은 것은 마음의 평화이다. 글을 쓰는 동안 그러나 오히려 소란스러워지고 남루해졌다는 생각이 든다. 「자화상」「때로는 아무 뜻 없이」「가벼워지기 위하여」, 연작 「바다에서」 등이 고요해지기 위한, 평화를 얻기 위한 바람이 낳은 작품들이다. 그럼에도 불구하고 내 영혼은 여전히 시끄럽고 가슴은 무겁다. 「말없음의 미학」도 그런 맥락에서 씌어졌다. 아미타여래의 미소를 바라보았으되 그 온전한 고요와 감동을 오래 간직하지는 못했다. 한 편 글로 빚어서라도 지니고 싶었다. 그렇듯 글은 어떤 열망 때문에 창작되어지는가싶다.

늦가을 어쩌면 겨울 초입의 어느 날이었는지 모르겠다. 두

류도서관에서 열린 사진전시회에 갔었다.「삶」이란 사진에 대한 감상을 서술한 것이 수필「삶」이다. 같은 제목의 사진으로 말미암은 글이어서 그대로 글 제목으로 택했다. 사진작가의 시선이나 심경을 잘은 모르지만 삶을 읽어내는 마음의 눈, 인간에 대한 연민을 헤아려 보았다.「삶」은 처음부터 '묘사'를 염두에 두었다. 그런데 아무래도 잘된 것 같지가 않다. '설명'에 머무르지나 않았는지…. 기량 탓이다. 그림을 그리거나 사진을 찍듯 확연하게 묘사하고 형상화할 수 있었으면 좋겠다.

글을 써놓고 보면 무겁다. 짙게 내려앉은 하늘빛이거나 추적추적 비 내리는 저물녘 같은 분위기이다. 읽혀지는 무거움은 천근이고 행간에 배어있는 무게는 만근이다. 그 결함을 줄이기 위해 많이 애쓰고 있다. 진부하다고들 하지만 승화된 결말 이른바 행복한 끝맺음을 이끌어내곤 한다. 건강한 주제 즉 가슴을 울리는 메시지를 지녀야하는 수필의 미덕 때문이기도 하지만 무거움을 감당하기 힘들어서이기도 하다.

「자전거 타기」「꽃의 미소」「그리움의 노래, 그 집 앞」「9월의 비」들이 다소 밝고 명랑한 글들이다.「달빛이 아니어도」를 비슷한 의도로 써 보았다. 끝부분의 시인에 관한 두어 문장이 다시 가라앉게 만들었을 수도 있겠다. 그즈음에 들은 말이어서 걷는 동안 내내 뇌리에서 떠나지 않기 때문에 덧붙였다. 걷고 있으면서 걸을 수 없는 사람을 생각하는 심경을 표현하고 싶었다.

이 글은 처음부터 과거 시제로 시작하였다. 과거 시제로 쓰는 것이 편하다. 중계하듯이 쓰는 것이 아니라면 글은 쓰는 순간 이미 과거사를 쓰고 있는 것이 된다. 과거사를 쓰고 있다, 그것이 진실이다. 나는 현재형 시제를 주로 취한다. 이른바 '역사적 현재'가 현장감이나 생동감을 준다고 생각하기 때문이다. 글쓰기에 있어서 시제를 적절히 운용하는 것은 상식이고 또 기술이기도 하다.

수필이 이렇게 해라 저렇게 하면 안 된다고 하는 그 모든 제약으로부터 때로는 자유롭고 싶다. 동어반복, 관념적인 낱말들, 번역형의 문장, 빈번한 접속사 등 수많은 걸림을 뛰어넘고자 한다. 그래서 이 글은 길이나 짜임새 그밖의 무엇에 대한 예정도 없이 써 내려가고 있다.

영화배우 설경구가 텔레비전 대담프로에 나와서 말했다. 자신이 출연한 영화를 보면서 가장 난감한 것은 새로운 모습이 나오지 않는다는 점이라고 사람들은 영화「박하사탕」의 설경구를 기억하면서「박하사탕」에서는 어땠는데로 비교 평가한다고 하였다. 그 이상이 되어야 하는 것, 새로워져야 하는 것, 그 난감함이 어찌 그만의 것이겠는가.

초고는 가슴으로 쓰는데 퇴고에 들어가면서 머리로 쓰는 글이 된다는 말이 있다. 동감이다. 가슴으로 글을 쓰고 싶다. 그 열정 때문에 몇 해 전부터「수필일기」를 쓰고 있다. 말이 되지 못하고 문장으로 표출하지 못하는 정감들을 단 한 줄로 때로는 길게 풀어내고 있다. 쓰고자 하는 글의 프롤로그이거나 글을 쓰는 과정, 이미 쓴 글의 에필로그 또는 잉여의 감성을 쏟아낸 것들이다. 이 글도 그「수필일기」의 한 꼭지가 되는 셈이다.

며칠 전 미용실을 나와 긴 골목을 걸으면서 했던 독백을 다시 생각한다. 고요해지자. 깊어지자. 수필 속 화자로서의 나는 그래도 조금은 고요하지만 수필 밖에 있는 실체로서의 나는 아직 그렇지 못하다. 수필적 진실과 자아의 진실에 괴리가 있기 때문일 터이다.

앞의 작품들에 '진실'이란 낱말이 있다. 이 글에서도 같은 말이 거듭된다. 진실하고자 한다. 수필에게, 나에게. 그래서 끊임없이 근원적이고 본질적인 물음을 던진다. 수필쓰기는 나에게 무엇인가.

(2004. 대구문학 신작특집)

수필을 위한 변주

　서해바다에서는 그냥 낙조만 보고 오리라 생각했다. 해넘이의 의미는 이미 많은 작가들이 나름대로 부여하였고 그 장엄한 아름다움 또한 숱하게 묘사되었다. 달리 특별한 의미를 찾아내거나 그 이상의 묘사를 할 자신은 없었다. 해의 아래호(弧)가 수평선에 닿고 천천히 그 몸이 줄어들어서 마침내 한 개의 점이 되어 소멸되는 것을 보았다. 그리고 남은 빛조차 사위어서 바다가 밤에 묻힐 때까지 거기 있었다.

　「바다에서 8」을 쓴 후 이 연작을 그만 써야겠다는 생각을 했다. 바다를 소재로 쓴 어떤 분의 수필을 읽고 나서였다. 어촌에서 자란 그의 바다는 나의 그것과 사뭇 달랐다. 육화된, 아픈 기억이 있는, 생의 애환이 배어있는 그런 것이었다. 바다는 나에게 늘 바라보는 대상이었다. 바다를 좋아해서 달려가고 그 바닷가에서 눈길을 잡는 소재를 발견하면, 그것에 대한 정서를 표현하는 표피적인 것이었다. 부끄러웠다. 그럼에도 불구하고 「바다에서 9」를 썼다. 다르게 써보리라, 서해 바다는 처음이다, 분명 다른 글이 될 터이다. 그런 생각으로 썼다.

'나는 변하지 않는다.'고 하는 사람은 바로 '바보'라고 일본의 작가 요로타케시가 말했다. 차라리 바보가 되고 싶다. 변화해야 한다는 과제로 해서 마음이 부대낀다. 패러다임의 변화, 디지털 시대란 말들도 부담이 된다. 수필도 변화해야 한다. 수필문단은 정체되어 있다. 수필가들이 수십 년 된 수필을 아직도 전범으로 삼고 있다. 본격수필이란 허명아래 변화를 거부하고 있다.

체험을 근간으로 창작되는 한계 때문에 예술성을 확보하기 힘들다. 허구를 도입해야 한다. 그러면 수필의 정체성에 혼란이 온다. 구태여 허구를 붙잡지 않아도 수필의 문학성에는 아무런 문제가 없다. 허구가 들어와서 수필과 소설의 구별이 모호해지면 수필은 흡수되어버리고 장르의 존립조차 흔들린다. 그러니 오히려 손해를 본다. 아니다. 허구도 순도 나름이다. 예술적 진실이 곧 문학적 진실이다. 탈장르의 시대다. 장르의 벽은 결국 허물어지고 문학이란 하나의 큰 흐름으로 통합될 것이다. 등등. 그런 말들 때문에 머리가 아프다.

'개성'이란 말에 매달리고 싶다. 백인백색이다. 나는 백 명 중의 한 사람이다. 그런데 도대체 내 글에 개성이란 것이 있기나 한 것일까. 수필 동인지 한 권을 이름 가리고 읽으면 누구의 글인지 구별할 수 없다는 혹평도 있었다. 아무튼 나는 수필을 연인처럼 사랑한다. 언제나 수필 생각을 한다. 글보다 못한 사람이 될까봐 걱정하고 '나'라는 인간보다도 못한 글을 쓰고 있지 않나하고 살핀다. 그렇게 전전긍긍 써놓은 글이 그게 그것이란 생각이 들 때 정말 곤혹스럽다. 확연하게 달라지는 것은 그만두고라도 더 나아지지조차 않는다는데 이따금 절망한다.

물론 이런저런 시도를 해보기는 한다. 구성의 형태를 바꾸어도 보고 서두에 주제를 담는 일종의 연역법을 써보기도 한다. 따옴표 없는 대화체로만 쓴 글도 있다. 삼인칭 시점으로 쓰다가 말미에 수필적 장치를 한 적도 있다. 이런 것은 형식의 문제이다. 대체로 나는 서정 수필을 쓴다. 문제는 내용일 것 같은데, 이를테면 시대의 아픔을 토해내는 글을 써 보고 싶다. 하지만 그렇듯 사회성이 짙은 글을 쓰기엔 나라는 인간이 너무 작다.

내 수필은 더하지도 덜하지도 않은 나의 깊이나 폭 만큼일 따름이다. 나는 절감했다. 특별한 창의력이나 기량이 내게 있지 않다. 하여 나만큼밖에 쓰지 못한다. 글의 내용이나 틀을 바꾸기가 정말 어렵다는 것을 고백한다. 그렇다고 수필쓰기를 그만 둘 수는 없다. 수필쓰기는 내 존재에 대한 물음이고 또 답이기 때문이다.

서머셋 모옴이 쓴『달과 6펜스』에서 작중 화자인 소설가는 이렇게 말했다. 작가란 '창작의 즐거움'과 '가슴속에 쌓여

있는 생각을 쓰는 일'을 그 보람으로 여겨야 할 뿐이라고 이 말이 나를 구해 주었다. 읽히지 않는 글, 팔리지 않는 글을 왜 쓰냐고 묻지 말아 주었으면 한다. 잘 읽히는 글을 즐거운 마음으로 쓸 수만 있다면 그보다 더 좋은 일이 또 있으랴만, 그렇지 못하다고 글쓰기를 그만 두어야 하는 걸까.

유감스럽게도 「바다에서 9」는 이미 쓴 여덟 편과 그리 다르지 않다. 내 수필은 어쩌면 내내 그렇듯 한 걸음도 나아가지 못하게 될지도 모른다. 다만 낱말 하나 문장 한 줄을 귀하게 여기려 한다. 오래 바라보고 많이 아파하고 깊이 사유하고자 한다. 그리하여 치열하게 쓸 것이다. 이 글 또한 아프게 뒤채는 나의 몸부림이다.

(2006. 수필과 지성 창간호)

내 가슴속에는 강물이 흐른다

내 가슴속에는 언제나 강물이 흐른다. 그것은 때로 서늘하게 흐르다가 아프게 뒤채기도 하고 천 길 낭떠러지를 폭포로 떨어지기도 하며 드물게는 결빙된 표면 아래 숨어서 소리죽여 흐른다.

강은 그렇듯 멈추지 않는다. 그러니까 강은 살아있는 것이다. 강이 살아있으므로 나도 살아있다. 살아있는 나는 살아있으므로 더할 나위 없다. 그 살아있는 내가 기쁘든 슬프든 그것은 매우 사소한 일이다.

강물이 내는 소리들을 무심히 지나치지 않는다. 듣고 느끼고 기록한다. 나의 삶은 매우 일상적이며 평범하다. 일상은 소중하다. 먹고 살고 부대끼는 일은 절체절명의 명제인 것이다. 그런 일상 중에서 꽃이 피듯, 단비인 듯, 겨울햇살이듯 고마운 일이 글 읽기와 글쓰기이다. 읽기와 쓰기 사이를 오가며 조용하게 살아간다. 이보다 더한 복은 없으리라 여긴다.

글쓰기 곧 수필쓰기가 내 영혼의 기록이 되기를 희망한다. 온갖 생각을 끊임없이 되풀이하지만 궁극적으로는 그것이 저급하지 않은 사유의 기록으로 남기를 열망한다. 때로 나는, 다른 이들에게는 도무지 중요하지 않을 개인사를 내용으로 하는 글을 쓴다. 자기고백의 글이 수필이고 자기고백에는 대개 한(恨)이 배어있기 마련인데 한은 표출되고자 하며 동시에 내밀하게 감춰져 있고자 한다. 그 상충하는 욕구 때문에 몹시도 괴로웠다.

그런 아픔은 이따금 격랑을 만들었다. 강은 밤낮으로 뒤채며 소리를 질렀다. 마침내 범람하여 쓰지 않을 수 없게 된 것이 개인사에 관한 서사적인 글들이다. 이런 글을 쓸 때마다 얼마간 난감하다. 순전히 나의 주관적인 정서 때문에 작품에 등장하게 된 인물들에 대해서 미안한 마음을 가지고 있다. 픽션이 아닌 글에 양해를 구하지 않고 등장시키는 인물들에 대해 작가는 어떤 태도를 가져야 하는가. 그것은 정당한가라는 의문을 가질 때가 있다. 하지만 진솔하여야 하고 진실해야 한다. 그렇지 못하다면 수필은 대체 무엇이란 말인가, 라고 위안을 삼는다. 아전인수식 변설(辯舌)일까.

그래서이기도 하고 개인적인 취향이기도 해서 나는 특별한 사건이 없는 서정적 내용의 글을 더 많이 썼다. 그 내용들은 일상에서 길어 올린 사유이거나 꽃, 산, 또는 여행지에서 만나게 된 자연물에 대한 정서를 표현한 것들이다. 외부의 충격을 내부로 끌어들이고 갈무리해서 한 편의 글로 형상화하는 작업을 계속해왔다. 말하자면 글감들을 대개 바깥 세계에서 가져온 셈이다.

최근에는 좀 다른 욕구를 가지게 되었다. 내부에서 보다더 절절한 진실을 이끌어내고 싶어졌는데 그 열망은 자못 강한 것이었다. 그러자면 좀 더 길고 깊은 내면 조응의 시간을가져야 한다. 그리하여 심연의 소리를 길어 올려야 하는 것이다. 그렇게 이끌어낸 내용에는 어떤 심상이 드러나게 마련인데 그것은 대개 모호하고 추상적이다. 그런 점은 비수필적이다. 이 또한 난감하지 않을 수 없다.

비수필적이라는 결함에도 불구하고 마음의 정황을 그대로옮기고 싶었다. 진정 그리하고 싶어 했다. 그 결과물이 괜찮은 글이 되지 못할지라도 내 영혼의 기록은 될 것 같기 때문이다. 서술의 기법으로 '의식의 흐름'을 염두에 두었으나 의도대로 되는 것 같지는 않다. 의식의 흐름을 자연스럽게 따라가며 기술(記述)하는 능력이 부족함을 절감하였다. 하여 그제나 이제나 그게 그것인 글을 쓸 수밖에 없다. 그것이 한계이다.

영화 「박하사탕」의 주인공처럼 이즈음에 와서 나는 돌아가고 싶다는 생각을 참 많이 한다. 그것은 어떤 시점(時點)이기도 하고 지점이기도 하다. 불현듯 꼬맹이로 거슬러 올라가고 싶고 내내 고향으로 돌아가고 싶어 한다. 잃어버린 순수와 고요가 그리운 것이다. 나이 들면서 그 절실함이 더하여자연스레 그러한 내용들이 최근의 글감이 되곤 한다. 진부하다는 생각이 없지 않지만 그게 진실이다. 또 하나 마지막까지 잃고 싶지 않은 것은 서정성이다.

마음이 어떠하든 또 글이 무엇을 말하려 했든 내 기쁨과 슬픔에는 언제나 세상 한 귀퉁이가 들어있다. 내가 그리고 내 글이 세상을 위해 한 푼어치의 배부름이나 따뜻함이 될 수 없다할지라도 나는 사람 때문에 웃고 세상 때문에 운다. 그러니 내 글이 어떤 내용과 형식을 가졌다 하더라도 그것은 전적으로 내 정서의 소산물이다. 그것으로도 충분히 기껍다.

앉은뱅이시계의 초침소리가 크다. 밤이 깊었다.

(2006. 에세이스트 1·2월호 신작특집)

빗살무늬토기를 꿈꾸며

— 素木 김규련 선생님께

선생님,

바람이 차갑습니다. 제 일터 앞 플라타너스도 하루가 다르게 추레해집니다. 나무는 여름날의 무성했던 위용을 잃어가고 있습니다. 오고가는 게 계절이건만 그 맞이하고 보내는 일이 늘 유정하여 설레기도 하고 아프기도 합니다.

선생님께서는 늦은 가을 낙엽의 귀토의식을 보기 위해서 팔공산을 찾았다 하셨습니다. 낙엽수들 사이를 천천히 걸으시는 선생님을 그려보며 한 폭의 수묵화를 연상합니다. 꽃이 피고 낙엽 지는 일이 선생님의 깊은 속정까지 흔들어 놓는다고 생각하니 제 가슴에도 물무늬가 번집니다. 봄날의 환희와 조락의 쓸쓸함을 선생님과 함께 느낀다는, 선생님과 동시대를 살고 있다는 생각이 저를 기쁘게 합니다.

지난여름 어느 토요일 오후에 혼자 대구수목원을 찾았습니다. 비가 내린다는 예보가 있었습니다. 숲에 비가 내리면 어떨까. 비가 자우룩 내리면 숲은 어떻게 젖어들까. 문득 그런 생각이 드는 것이었습니다. 젖은 나무냄새를 맡아보고 싶었습니다. 비는 듣다가 말고 하늘은 잔뜩 물기만 머금은 채 낮게 내려와 있었습니다.

흐린 날 늦은 오후의 수목원은 조용했습니다. 수천의 나무와 수만의 꽃들이 뿜어내는 향기에 취하여 한 시간 남짓 걸었습니다. 그리고 긴 의자에 앉았습니다. 드물게 가지는 조용한 시간이어서 더할 나위 없이 좋았습니다. 그렇듯 상념에 잠기는 시간을 저는 좋아합니다. 하여 너무 깊이 빠져있었던가 봅니다. 음악이 흐르던 스피커에서 시간이 다 되었으니 수목원을 나가달라는 방송을 내보냈습니다.

어디에 앉아있었던 것일까요. 저는 방향을 잃었습니다. 이리저리 난 길을 바쁘게 걷는데 좀처럼 출구가 보이지 않았습니다. 그러다가 어디쯤에서 벽오동나무를 보았습니다. 그 나무를 올려다 본 순간 참으로 잘 생겼다는 생각이 들었습니다. 발길을 재촉하는 방송이 되풀이 되어서 '나무님, 가을에 또 오겠습니다.'라는 혼잣말로 저는 나무와 작별했습니다.

다시 갔을 때 수목원에는 가을이 반쯤 내려와 있었습니다. 벽오동나무를 찾느라 한동안 헤맸습니다. 그때 바삐 걷다가 일순 만났던 터여서 도무지 어디쯤인지 알 수가 없었습니다. 마침내 나무 앞에 섰을 때 저는 가슴이 먹먹했습니다. 그립고 그립던 정인을 만난 듯했던 것입니다. 찬찬히 바라본 나무는 그러나 잘 생기지만은 않았습니다. 훤칠하게 벋은 원줄기의 중간쯤, 가지가 넷으로 나뉘는 부위에 시커먼 옹이가 부스럼처럼 더덕더덕 붙어있었습니다. 한 몸에서 넷의 지체를 내보내는 진통이 그다지도 심했던 것일까요. 그 고통은 어떠했으며 필경은 따라왔을 희열은 또 어떤 것이었을까요. 나무는 그렇게 제 가슴으로 자리를 옮겨왔습니다. 그것을 어떻게 구체화하고 형상화하여서 한 편의 글로 쓰게 될지 아직은 저도 모릅니다.

제게 다가온 유형무형의 대상과 이미지는 벽오동이 그렇듯 우선은 제 가슴을 흔들어 놓습니다. 그것이 깊고 깊어져서 의미가 되고 글이 되기까지는 그러나 긴 시간을 보내야 합니다. 말씀처럼 '마음을 놓을 자리'를 찾는 일이 쉽지 않은 까닭입니다. 저는 대개 조용한 시간, 한적한 장소에서 어떤 대상을 만납니다. 또한 그와의 관계는 물속처럼 고요한 시간을 오래 함께하면서 깊어집니다. 저는 혼자 있기를 좋아합니다. 글쓰기에 대한 열망이 저를 호젓한 곳, 고요한 시간으로 이끄는 성싶습니다.

선생님께서는 수필창작에 있어서 수묵화의 기법을 원용한다고 하셨습니다. 그리고 '화(畵)이면서 시(詩)요, 시이면서 서(書)인' 남종화를 닮으려 한다고도 하셨습니다. 그 같은 말씀을 알아듣기에는 제가 많이 모자랍니다. 다만 수필의 길을 걸으면서 저는 깊이 사유하고 오래 고뇌하며 많이 아파할 것입니다. 무엇보다 수필쓰기의 진정성을 잃지 않으려 합니다. 그리하면 언젠가는 '대가야의 빗살무늬토기'를 닮은 수필을 빚어낼 수도 있지 않을까하는 가마득한 꿈도 꾸어봅니다.

남도창의 그 한(恨) 또한 제가 헤아릴 길이 없지만, 한을 쌓고 풀어내는 일이 '소리'라면 저도 계면조 한 자락쯤은 능히 풀어낼 것도 같습니다. 수필문단에 갓 입문하였을 때 선생님의 수필에서 가장 먼저 읽은 의미가 '정한(情恨)'이었습니다. 그것은 정한이며 '정'이고 동시에 '한'이었습니다. 두 글자가 하나의 말이며 하나하나의 글자는 또 각각의 의미였던 것입니다. 한(恨)이란 말에만 붙들려있었다는 생각을 했습니다. 한은 정과 불가분이며 애초에 정으로 말미암은 것이란 걸 불현듯 깨달았습니다. 그때껏 내려놓지 못했던 한은 정과 하나가 되어 가슴속에서 시나브로 녹아내리는 것이었습니다.

저는 감히 제 수필이 저급하지 않은 사유의 기록, 나아가 영혼의 기록이 되기를 희망합니다. 그래서 작은 기쁨에 나부끼지 않고 깊은 슬픔에 무너지지 않으며 마침내 고요해지를 소망합니다. 글쓰기에 대한 그러한 열망과, 겉과 속이 한 가지로 진실할 수 있기를 희망함에도 불구하고 저는 여전히 선배선생님들께 그리고 수필 앞에 부끄럽습니다. 그 미치지(不及) 못함이 진정 부끄럽습니다.

겨울이 너무 길지 않아서 선생님의 칩거 또한 길지 않았으면 좋겠습니다. 그리하여 봄날에 신록이 천지에 번지면 다시 팔공산을 찾으시옵소서.

2007. 11. 20. 후학 허창옥 올림

(2007. 계성문학 23호)

7부

비 사흘 햇빛 나흘

− 자전에세이

축축한 담벼락에서 몸을 일으켜 세운 지 오래되었다.
내 영혼에 햇살이 들어 따스하고 안온하다.
사흘 동안의 비가 그치고 나흘간 햇빛이 들고 있다.
하지만 날씨는 변덕을 부리기 마련이므로 내 삶의 일기도에는
여전히 비와 햇빛이 자리를 다투며 들고난다.

비 사흘 햇빛 나흘

－ 자전에세이

프롤로그

비가 내린다. 맞은편 낡은 건물의 검붉은 벽돌이 비에 씻기는 것을 하염없이 내다본다. 장마가 시작되려나 보다. 커피를 마시면서 생각에 잠긴다.

비가 오네…, 내 인생에서 비가 내린 날은 얼마쯤이나 될까. 장마 때처럼 한동안 비가 그치지 않기도 하였고 화창한 날들이 이어지기도 하였지. 살아온 날들을 한 주일로 축약하면 비 내린 날은 사흘 또는 나흘쯤 될까. 혼자서, 눈물어렸던 날들을 비가 내린 날이라고 규정하고 반대로 행복했던 날들을 햇살 가득한 날들이라고 이름 짓는다. 차양에 드는 빗소리를 들으면서 비 내리던 날들과 햇살 가득하던 날들을 반추해본다.

유년의 뜰

아잇적 기억은 거의 없거나 희미한 정도이다. 집안 어른들로부터 전해들은 몇 가지 일화들과 몇 조각의 기억이 낡은 사진처럼 가슴에 인화되어 있을 뿐이다.

나는 참 겁이 많았다고 한다. 어떤 새로운 것들, 낯선 사람, 큰 소리들을 무서워하였다. 그러니까 몹시 심약하였다. 추수가 끝난 뒤나 정월의 지신밟기 행사 때 농악놀이가 시작되면 새파랗게 질려서 울었다. 다른 아이들이 어른들 틈에서 신명을 함께 할 때, 징 소리 꽹과리 소리가 들리지 않을 때까지 악을 쓰고 울어서 집안의 누군가가 나를 꼭 껴안고 있어야만 했다. 돼지우리 앞을 지날 때도 발이 땅에 붙어서 울었고 천둥 번개에도 넘어가도록 울었다. 겁이 많았다, 자주 울었다, 그만큼 섬세한 감수성을 지녔다고 할 수 있겠다.

그리고 몇 조각의 기억들. 대문 앞에 놓여있는 상여를 붙들고 통곡하던 어머니의 모습은 지워지지 않는다. 무성영화의 필름처럼 가슴에 남아 있는 아버지와의 사별 장면이다. 어머니의 오열이 전이되었을 것이므로 틀림없이 서럽게 울었을 터이다. 그 슬픔이 얼마나 절실했는지에 대한 기억은 전혀 남아 있지 않지만 그런 정감들을 통해서 부쩍 성장하였을 것이다.

감꽃을 좋아하여서 목이 아프도록 감나무를 올려다보았고, 우물가에 하얗게 떨어져 있던 감꽃을 주워서 목걸이를 만드느라 한나절을 보내곤 하였다. 조그만 들창문을 열어 놓고 마을 앞 작은 동산에서 불어오는 바람에 실눈을 뜨고 행복한 표정을 짓기도 했다. 논에 새참을 내가는 어머니 뒤를 주전자를 들고 쫄랑쫄랑 따라갈 때 발등을 간질이던 논두렁 풀들의 촉감도 잊히지 않는다. 꽃, 바람, 산, 들, 하늘, 아름다운 자연은 나를 어루만져 주었고 어린 마음에 꿈을 심어 주었다. 그래서 집안을 뒤흔들던 슬픔－아버지가 돌아가시고 두어 해가 지난 어느 해 여름에, 할아버지가 돌아가시고 작은오빠가 죽고 또 황소가 죽는 일이 잇달아 일어났다－속에서도 나는 밝게 자랐다.

천지에 널린 아름다운 것들이 마냥 좋았기 때문에 결코 외롭지 않았다. 또 우리 집 대가족, 할머니 어머니 삼촌 고모 많은 형제들이 만들어내는 삶의 소리들 때문에도 외로울 겨를이 없기도 했을 터이다. 어느 날은 큰언니가 보라색 작은 꽃무늬 원피스를 만들어 주었는데 허리선에 자잘한 주름이 잡힌 것이었다. 아까워서 입지도 못하고 자꾸 만지기만 했던 기억이 난다. 이제까지 그만큼 예쁜 옷을 보지 못했다. 그때의 기쁨이 그만큼 컸던 게다.

시내에 있는 상급학교에 다니던 작은언니는 자주 영화 이야기를 해 주었다. 극장이라고는 간판도 본 적이 없었지만 유명한 배우 이름은 줄줄 꿰게 될 정도였다. 「이별의 부산 정거장」「굳세어라 금순아」「카츄사」를 언니는 실감나게 이야기했고 나와 동생은 눈물을 흘리면서 듣느라 잠도 잊곤 하였다. 그러면서 막연하게나마 '시내'라고 부르던 도시의 모습도 상상해보고 그곳 어딘가를 걸어 다닐 교복 입은 언니가 참 부럽다는 생각도 하면서 나의 유년이 지나갔다.

마을 앞에는 논밭이 있었고 뒤에는 복동이네 큰 과수원이 있었다. 이따금 사과를 사다 먹기도 했는데 어머니는 꼭 한두 군데 썩은 것들을 소쿠리에 수북이 담아 오셨다. 썩은 사과가 더 맛이 있다는 것이 이유였지만, 땅에 떨어진 것이어서 헐값이었을 테고 게다가 덤으로 몇 개를 더 받아왔음에 틀림없다. 그래야 많은 식구들이 나누어 먹을 수 있었기 때문이다. 그때 한 입 베어 물던 사과 맛을 지금 어디에서 찾을 수 있겠는가.

대문을 열고 눈을 들면 마을 앞 왼쪽과 오른쪽에 공동묘지가 있었다. 할아버지, 아버지의 산소가 다 보였기에 사별의 아픔이 없었던 것은 아니지만 거기서 우리를 보고 계시겠거니 하는 위안 또한 작지 않았다. 그 위안조차 뒤로하고 어머니는 시내로 살림살이를 옮겼다. 나는 작은언나 오빠처럼 통학을 하지 않고 도시에서 학창시절을 보내게 되었다.

감천리 소녀

감천리는 없어졌다. 그곳에 대단지 아파트가 들어섰다. 마을보다 먼저 공동묘지가 없어졌다. 우리 집은 아홉 기(基)를 군위의 가톨릭 묘지로 이장했다. 그리고 한 집 두 집 떠나기 시작했다. 우리 형제가 어머니의 손을 잡고 비산동 어느 낯선 집 문턱에 발을 들여놓은 지 스무다섯 해나 지난 후의 일이다.

병약했던 한 아이를 꿈 많은 소녀로 키워주었던 그 마을, 감천리를 결코 잊지 못한다. 삼십 호 남짓이 옹기종기 모여 살던 작은 촌락이었다. 그 마을에서 내 동무 점자, 종희와 함께 고무줄놀이 땅따먹기 공기놀이로 해 저무는 줄 모르고 놀았다. 그런 우리를 골려주기 위해 호시탐탐 기회를 노리던 유순이 영태 재곤이의 때 묻은 얼굴들도 생각난다. 감천리에 대한 온갖 기억들, 즐거웠던 일은 물론이고 서럽던 일까지 다 소중한 추억이었다.

그 감천리가 사라져버린 것이다. 이 세상 어디에도 감천리는 없다. 감천리 사람들만이 여기저기로 옮겨 앉아서 감천리 이야기를 할뿐이다. 대단지 아파트와 상가들의 이쯤저쯤을 가늠해 봐도 어디가 우리 집이었는지, 어디가 줄덩못이었는지, 안골목 샘이 있던 자리는 어디인지 알 수가 없다. 내 뛰놀던 앞거름 소나무 숲도 사라졌고 고무신 씻어서 탈탈 털던 도랑물도 없어졌다.

감천리가 없어지고 나서도 나는 감천리 소녀로 남아있다. 도무지 자라고 싶지 않았다. 나이와 관계없는 일이다. 왜 그럴까. 내게 정서란 것이 있다면, 감성이란 게 있다면 그 본디의 샘이 거기 내가 꽃잎처럼 예쁘고 여리던, 나비처럼 팔랑

거리던, 감천리에 있다고 생각되어지기 때문이다. 물론 서러운 일도 아주 많았다. 하지만 그 서러움 속에서 어린 나는 육친의 사무친 정을 깨우쳤다. 세월이 흘러서 슬픔은 희석되고 그리움만 남아서 어릴 적 기억들을 지나치게 감상적으로 떠올리고 있는지도 모르겠다.

　얼마 전에 감천리의 세 소녀가 만났다. 삼십 년도 더 지나서이다. 그 반가움이라니! 눈물을 글썽였다. 지나간 시간의 흔적이 고스란히 새겨져 있는 얼굴이 되어서 만났지만 우리는 그 세월을 단숨에 뛰어넘었다. 마을 맨 끝에 종희네 집이 있었다. 아니, 종희네 집은 마을과 약간 떨어져 있었다. 우리 집이 잇대어 있는 집중에서는 마지막 집이었다. 마을 앞으로 난 길이 우리 집을 지나면 논밭 사이로 소달구지가 지나갈 만한 농로로 이어졌다. 그 길을 따라 조금 내려가면 경웅이 아제 과수원이 나오는데 그 뒤쪽에 있는 두어 채의 집 중 하나에 종희가 살고 있었다. 다시 우리 집에서 반대쪽으로 올라가면 안골목에 점자네 집이 있었다. 그 작은 마을에서 우리는 동급생이었다.

　산다못 지나고 청말둑을 넘고 냇물을 건너서 함께 학교에 다녔다. 우리는 재미있게 놀다가도 금방 싸워서 며칠째 눈을 흘기며 지내기도 하였다. 점자 종희, 편안하게 나이를 먹은 것 같다. 기품 있게 나이든 모습이 참 보기에 좋았다. 두 친구에게서도 감천리 소녀의 모습은 지워지지 않고 있었다. 감천리는 적어도 우리가 이 세상에 살아 있는 한 결코 없어진

것이 아니며, 우리는 그 속에서 놀던 열두 살 소녀로 성장을
멈추고 있을 것이다.

멋진 신세계

정말 책을 좋아하였다. 우리 집엔 교과서 외엔 다른 책이
없었다. 하지만 중학교에는 도서관이 있었다. 거기서 새로운
세계를 보았다. 도서대출 카드에 이름을 쓰는 즐거움 속에서
나의 소녀 시절은 지나가고 있었다. 이광수의『흙』『유정』『
무정』심훈의『상록수』김유정의『봄봄』앙드레 지드의『좁
은 문』알퐁스 도데의『별 이야기』그 많은 책들을 다 늘어
놓을 수는 없지만 그 속에서 뿜어져 나오던 향기와 가슴을
채우던 아름다움은 지금도 느낄 수 있을 만큼 뚜렷하다. 그
향기를 어쩔 수 없었던가. 문예반에서 나는 글짓기를 하고
있었다.

집에는 공부방이 따로 없었다. 감천리에서 이사하면서 어
머니는 작은 집을 마련했는데 세를 놓기 위해 우리는 방 하
나만을 사용했다. 한쪽에서는 공부를 하고 한쪽에서는 양말
을 뒤집었다. 그때 어머니는 이모와 동업으로 양말 공장을
하였다. 생산된 양말을 손으로 뒤집던 시절이었으니 부지런
한 어머니는 인건비를 줄이기 위해 밤낮없이 그 일을 하였다.
양말이 수북 쌓인 방에서 공부에 열중하기란 쉽지가 않았다.

그래서 방과 후에 교실이나 강당의 한 귀퉁이에서 복습과 예습을 하였다. 해가 지고 배가 고파서 더 이상 공부할 수 없을 때까지 줄곧 공부에 매달렸다. 귀가 길에서도 작은 단어장을 전봇대나 가게의 불빛에 비춰가며 단어를 외웠다.

내 곁에는 한 친구가 있었다. 중학교 일 학년 교실에서 만난 나처럼 촌티가 더덕더덕 묻은 키 작은 아이였다. 도시락 반찬으로 그 아이는 고구마 줄기나 콩조림을, 나는 절인 콩잎이나 양배추 김치를 넣어오곤 했기 때문에 계란부침이나 쇠고기장조림을 싸온 친구들에게 주눅이 들어있었다. 그런 동질성이 친화력으로 작용해서 우리는 단짝이 되었다.

늘 함께 공부했다. 그 결과로 우리는 이른바 일류 고등학교에 나란히 합격했다. 합격의 기쁨에 들떠서 우리가 달려간 곳은 동촌유원지였다. 그날 사진사에게 찍은 사진이 남아 있다. 강을 가로지르는 흔들다리의 중간쯤에 서서 찍은 것인데, 둘 다 허름한 검정 코트차림에 찬 강바람 때문인지 보자기나 다름없는 머플러를 둘렀다. 게다가 자연스럽게 보이기 위해 연출했을 걷는 포즈가 우스꽝스러울 정도로 촌스럽다. 그 친구 임조, 지금은 이 세상에 없다. 한 점 혈육만 남기고 함박눈이 내리던 어느 겨울날 서른 살의 나이로 홀연 떠났다.

아무튼 나는 꿈 많은 여고생이었으니, 책장을 펼칠 때마다 열리는 멋진 신세계(몇 년 후에 읽은 헉슬리의 「멋진 신세계」는 전혀 다른 세계였다.)는 나를 책 속에 파묻히게 하였다. 깨알같이 자잘한 글씨가 상·하단으로 빼곡히 박힌 두꺼운 세계문학전집들을 읽는데 조금도 지루하지 않았다. 도서 대출 카드에 이름을 적기만 하면 수많은 주인공들- 싱클레어, 나르찌스, 골드문트, 테스, 줄리앙 소렐, 마담 보봐리- 을 만날 수 있었다. 그들은 나를 새로운 세계로 안내하였다. 특히 헤르만 헤세를 좋아했고 도스토예프스키를 좋아했다. 소년기부터 청년기까지 독서에 심취했던 것은 그 다음의 내 삶을 윤택하게 했다. 내 영혼은 아프고 고뇌에 찼지만 책을 통해서 아름다운 세계를 만날 수 있었기에 순화되었다.

어머니

책을 읽고 문학에의 꿈을 키우던 것이 절반의 행복이었다면 나머지 절반은 슬픔이었으니, 그것은 여고 시절 내내 내 영혼에 어두움을 드리웠다. 그 어둠의 한가운데에 어머니가 있었다. 우리 형제들이 어머니의 손을 잡고 비산동의 어느 낡은 집에 짐을 풀었을 무렵 어머니는 이미 병을 앓고 있었다. 논밭을 팔아서 마련한 돈으로 막내 이모와 동업 형태로 양말 공장을 시작한 어머니는 당신의 병을 돌아볼 여유가 없었다.

1960년대 후반, 공장들은 밤낮없이 돌아갔다. 일이라곤 단순노동밖에 몰랐던 어머니는 공장의 반쪽 주인이 아니라 그저 허드렛일을 하는 아주머니에 불과했다. 공장에서 나오는 기름때 묻은 양말더미를 빨고 뒤집힌 채로 생산된 양말들을 바로 뒤집는 따위의 일들로 쉴 틈이 없었다.

게다가 어딘가 흠집이 난 불량품(이등품이라 불리었다)들을 한 보따리 머리에 이고 시골 이 마을 저 마을로 팔러 다니셨다. 땅거미가 질 때쯤 돌아오시는 어머니의 얼굴은 부석부석 부어 있었다. 왜 그렇게 살아야 했는지 이해할 수 없었다. 우리는 적어도 가난하지는 않았다. 시골에서는 부농이었고 도시로 옮긴 후에도 어머니에게는 상당한 농토가 남아 있었다.

사춘기에 막 접어든 중학생 시절에는 그런 어머니가 불만스럽기만 했다. 한두 해가 지나서 이제 내 눈에도 어머니의 병이 확연하게 보이기 시작하자 어머니가 영위해 나가는 삶의 방식에 나는 절망하였다. 마침내 병은 어머니를 온통 점령했다. 반월당의 어느 의원 그 누추한 방에서의 입원생활이 시작되었다. 공동으로 쓰던 열악한 부엌의 연탄아궁이에 쪼그리고 앉아서 서툰 손짓으로 밥을 짓고 계란찜을 만들었다. 계란찜은 부드럽지만 나는 지금도 그 음식을 잘 넘기지 못한다. 입원실에서 등교를 하고, 하교를 하면 입원실로 돌아오는 생활에 나는 차츰 지쳐갔다.

대학병원의 격리 병동, 그 끔직한 밤들도 악몽처럼 기억에 남아있다. 누군가가 이승의 끈을 놓아버린 밤이면 남겨진 사람의 몸부림치는 곡소리가 복도를 지나갔다. 잠이 든 것 같은 어머니가 그 통곡소리를 들을까봐 나는 손에 땀을 쥐었다. 나의 그런 조바심에도 불구하고 어머니는 뒤척였고 그러다가 결국 밤새 각혈을 하였다. 그러한 밤이 지나면 거짓말처럼 눈부신 아침이 왔다. 하지만 책가방을 챙겨 들고 등교를 하는 나에게 그 투명한 아침 햇살은 내리지 않았다. 어머니, 그는 나에게 영원히 슬픈 이름으로 남았다.

꽃처럼, 꽃샘바람처럼

N암에서의 두어 달을 잊을 수가 없다. 그 해 2월에 대학을 졸업했는데 4월부터 출근을 하게 되어 있었다. 내 시간을 오로지 나만의 시간을 갖고 싶었다. 언젠가의 산행에서 들렀던 암자를 떠올린 건 지금 생각해도 행운이다.

가방 하나 달랑 들고 찾아온 조그마한 여학생을 주지 스님은 미심쩍게 훑어보았지만 기어코 허락을 받아냈다. 산사에는 아직 겨울이 그대로 머물러 있었다. 새벽 예불 때의 맨발의 비구니들, 종을 울리던 정주 스님의 '파르라니' 깎은 머리, 조촐한 아침 공양, 산 숲을 스치는 세찬 바람소리, 밤새 숨넘어가던 노스님의 기침소리가 다 유정하여서 가슴에 눈물의 강이 흐르는 느낌이었다. 그런 가운데 나는 고요하고 평화로웠다.

밤새 눈이 내린 새벽, 순결한 눈을 밟으며 태고의 적요를 체험했다. 눈 덮인 요사채는 참으로 아름다웠다. 그날은 종일 커피 생각이 났다. 내 인생에서 또다시 그런 시간을 가질

기회는 없었고 앞으로도 없을 것이다.

　나의 스무 살 시절, 잊을 수 없는 풍경이 또 하나 있다. 동생과 함께 찾은 부석사의 눈 덮인 정경이다. 1월 1일 어머니는 천상에 이르셨다. 그 열흘 후에 동생이 고등학교를 졸업했다. 어떻게든 동생을 다독여 주고 싶었다. 대학 2학년과 고등학교를 금방 졸업한 두 여학생이 겁 없이 겨울여행에 나선 것이다. 무량수전의 배흘림기둥을 안고 사진도 찍고 인적 드문 산사 주변의 눈 위에 나란히 발자국 줄을 만들며 걷기도 했다.

　그즈음, 유신 반대 데모로 대학가는 혼란에 빠져있었다. 그런 움직임에 앞장을 서거나 적극적으로 참여할 만한 신념이나 배짱은 없었지만 가슴만은 뜨거웠었다. 시위대의 맨 끝을 어정쩡하게 따라가다가 진압대에 의해 하수가 흘러가는 하천에 우르르 쓸려 들어갔다. 키 높이가 넘는 둑을 정신없이 기어올라 나와서 보니 온몸이 오물에 젖어 있었다. 버스를 탈 수도 없었다. 분하고 춥고 아프고 슬퍼서 오래 울었었다.

　가슴 저밀 만큼은 아니지만 사랑도 있었다. 김소월의 「초혼」에서 인용했을 '부르다가 내가 죽을 이름이여'를 대학노트 한 권에다 빽빽이 적어서 주었던 사람이 있었다. 그는 단감으로 유명한 지방의 한 병원에서 한쪽 폐 상엽절제 수술을 받는데 깨어나면서 내 이름을 불렀다고, 나중에 그의 누나가 전해 주었다.

몇 가지 잊히지 않는, 아프거나 소중한 기억들을 붙잡고 젊었던 한때로 거슬러 가보았다. 그런 일을 제외하면 공부나 지독한 책읽기가 남는다. 나는 대체로 많이 아파했다. 그럴 만도 했겠지만 어쩌면 남다른 감수성 탓에 그 이상으로 아파하고 고뇌하였던 게 아닌가 싶다. 문학은 아직 무의식 속에 잠재하고 있어서 나는 그 존재를 까맣게 잊고 있었다. 나의 이십대는 그렇게 지나갔다. 봄날의 꽃처럼, 때로는 그 봄날을 뒤흔들던 꽃샘바람처럼.

해후

.

그리고 다시 만났다. 아득한 유년의 나를, 한참을 살아낸 내가 마침내 다시 찾아낸 것이다. 먼 길을 돌았다. 음습한 담벼락에 쪼그리고 앉아있는 여학생 앞을 지나서, 하얀 감꽃을 맑은 눈으로 올려다보고 있는 꼬맹이와 해후를 하였다. 그 꼬맹이의 손을 잡고 햇살 가득한 뜨락으로 나왔다. 결혼하던 날, 두 아이를 낳던 날, 어머니의 부재는 또다시 시린 바람이 되어 나를 휘감았지만 '어머니'가 되었으므로 나는 의연했다.

기억의 심연에 잠긴 채로 잊혔던 그 얼굴을 내내 그리워하고 있었다는 걸 불현듯 깨달았다. 그 작은 얼굴이 지니고 있었던 최초의 감수성, 그 처음의 정서가 가슴에서 되살아났다. 실체를 알 수 없던 그리움과 무엇으로도 채워지지 않던 외로움의 정체를 알아내고야 말았다. 새로운 사랑이 시작되었다. 고등학교 시절을 끝으로 놓아버린 원고지, 바로 글쓰기였다.

어느 해 이른 봄날, 때 없이 한기가 들던 내 영혼에 한 줌 햇살이 내렸다. 그 설렘과 따스함을 잊지 못한다. 그때, 어쩌면 불꽃같은 삶을 살게 될지도 모른다는 예감을 하였다. 때로는 소용돌이쳤고 또 어느 때는 심연에 가라앉곤 했던 사랑과 그리움, 갈등과 절망, 화음과 파열음의 편린들을 천천히 걸러내어서 글로 다듬었다.

그 과정을 통해서 정서의 순화를 체험하였다. 조금씩 아주 조금씩 더 사람들과 사물들을 사랑하게 된 것이다. 글쓰기는 이제 나에게 근원적인 존재 방식이 되었다. 그러기에 이 글들은 부족한 대로 내 영혼의 노래이며 속울음이다.

－「말로 다 할 수 있다면」

그 동안도 내 삶의 뜨락에는 사흘 동안 비가 내리고 나흘간 햇빛이 들었다. 그 속에서 나는 여전히 사랑하고 기뻐하고 그리워하고 또 고뇌하였다. 그런 정감들을 가슴에 담고 수필을 썼다. 잘 쓰려고 하기보다 치열하게 쓰려고 했다. 수필 쓰기를 통해서 나는 존재하고자 했고 깊어지고 싶어 했다. －「길」

두 권의 수필집 「책머리에」에서 옮겼다. 그랬다. 땟국 조르르 흐르던 꼬맹이를 찾아낸 후의 나의 삶과 글쓰기는 따로 존재하는 것이 아니다. 그래서 우리의 눈물어린 해후, 그 다음의 자전을 위의 '책머리에'로 대신한다. 모르겠다. 나중에 다시 풀어낼지, 쏟아낼지.

에필로그

비 내리는 날 이 글을 쓰기 시작했다. 쓰다가 두고 잊었다가 다시 썼다. 밤새 눈이 내렸다. 창을 내다보니 천지가 새하얗다. 눈은 비의 다른 형태일 뿐 물기를 머금고 있기는 마찬가지다. 물기는 아무래도 슬픔인 성싶다. 젖게 하고, 젖어드는 것이므로.

축축한 담벼락에서 몸을 일으켜 세운 지 오래되었다. 내 영혼에 햇살이 들어 따스하고 안온하다. 사흘 동안의 비가 그치고 나흘간 햇빛이 들고 있다. 하지만 날씨는 변덕을 부리기 마련이므로 내 삶의 일기도에는 여전히 비와 햇빛이 자리를 다투며 들고난다.

(2004. 수필과 비평 3·4월호)